阿城

新版加收錄10篇阿城經典短篇

阿城作品集　03

遍地風流

【目次】

自序

當下好看的書不少，這本書翻開來，卻是三十多年前的事，實在令人猶豫要不要翻一本舊賬。於是來作個自序，免得別人礙於情面說些好話，轉過來讀者鄙薄的是我。

「遍地風流」、「彼時正年輕」，及「雜色」裡的一些，是我在鄉下時無事所寫。當時正年輕，真的是年輕，日間再累，一覺睡過來，又是一條好漢。還記得當年隊上有小倆口結婚，大家鬧就鬧到半夜，第二天天還沒亮，新媳婦就跑到場上獨自大聲控訴新郎倌一夜搞了她八回，不知道是得意呢還是憤恨。隊上的人都在屋裡笑，新郎倌還不是天亮後扛個鋤頭上山，有說有笑地挖了一天的地？這就叫年輕。

年輕氣盛，年輕自然氣盛，元氣足。元氣足，不免就狂。年輕的時候狂起來還算好看，二十五歲以後再狂，沒人理了。孔子晚年有狂的時候，但他處的時代年輕。

文章是狀態的流露，年輕的時候當然就流露出年輕的狀態。狀態一過，就再也寫不到了。所以現在來改那時的文章，難下筆，越描越枯，不如不改。狀態原來是不可以欺負的，它任性之極，就是醜，也醜得有志氣，不得不敬它。

年輕有一個自覺處，就是學生腔，文藝腔。學生和文藝，都不討厭，討厭在套進腔裡，以為有了腔就有了文藝。我是中學時從「學生範文選」裡覺到這一套的，當時氣盛，認為文章不該這樣寫。那文章應該怎樣寫呢？不知道。教的又不願學，學校好像白上了。

我永遠要感謝的是舊書店。小時候見到的新中國淘汰的書真是多，古今中外都有，便宜，但還是沒有一本買得起，就站著看。我想我的啟蒙，是在舊書店完成的，後來與人聊天，逐漸意識到我與我的同齡人的文化構成不一樣了。有了這個構成啟蒙，心裡才有點底。心裡有底就會癢，上手一寫，又洩氣了。我就是帶著這種又癢又洩氣的狀態去插隊的。

先是去山西雁北，同去者有黃其煦、龔繼遂等五六個人。黃其煦是我的小學同學，又是鄰居，龔繼遂則是一起去時認識的，這兩個朋友現在都在美國而有成就。在桑乾河附近的一個村子裡，村裡先來的是北京男四中和師大女附中的知青，算得是北京中學裡的精英吧。不過讓我受益的是一個叫來運的高三學生，面容很像關雲長，少言。離開山西前請教於他，他說：「像你這種出身不硬的，做人不可八面玲瓏，要六面玲瓏，還有兩面是刺。」這個意思我受用到現在。

繼之去內蒙古呼倫貝爾盟阿榮旗，同去的還是黃、龔等人，不過這次還有章立凡、邢紅遠、李恒久等十來個人。章立凡身長高大，面如脂玉，觀之正是所謂玉樹臨風，在那個講究窮講究横的年代真是令人一愣。我父親有一次從幹校回家碰到立凡，將我叫到另外的屋裡問「哪裡冒出來的」，一臉的又懼又喜。

再去的就是雲南了。這次朋友中只有黃其煦，其他則是新朋友關乃炘、孫良華、楊鐵剛、張剛。關乃炘好書畫金石，好相機，好音響，現在他手工製的「關氏」電子管擴大機，在香港頗有名氣。其實關乃炘的「關」，是滿清皇族姓瓜爾加的漢轉，擴大機的牌子不妨用原音字，好聽。我見過「皇家牛肉麵」的招牌，皇家人吃牛肉麵嗎？看來越是皇家越不貼皇家的金。孫良華好音樂，好電工，手裡有一把音色奇好的捷克提琴。楊鐵剛希望將來作曲。張剛則是職業革命家的坯子。

我在這裡寫到昔日的青春同路人，想想當時都才十多歲，額頭都是透明放光的。

在雲南一待就是十年，北京來的朋友們陸續回去北京。我因為父親的問題，連個昆明藝校都考不進去，大學恢復高考，亦不動心，閒時寫寫畫畫。

一九七六年一月，周恩來過世，四月，我在外國電台裡聽到「四五」的消息。每日還是上山幹活，風雨如故，地老天荒。六月，唐山大地震，我探親回北京，火車進站，一個工人一路搖著一柄鎚敲打車輪，忽聽得他不知為何大罵「我侖他姥姥的」，很多年沒有聽到如此純正的鄉音了。九月，毛澤東過世，當天街巷皆有肅殺之氣，我替父親送點東西到前中央美院院長江豐先生家去，在巷口見他坐在矮凳上如老僧入定，說是居委會命他在此觀察階級敵人的活動，我說您自己不就是階級敵人嗎？老人不出聲音地笑到眼淚流出來。

回雲南到昆明的時候，正遇上王張江姚所謂「四人幫」被抓的消息傳來，市面激動。我在朋友家借宿，坐下來寫〈寵物〉，寫好了看看，再一次明確文學這件事情真不是隨政治的變化而變化。

我習慣寫短東西，剛開始的時候，是怕忘，反而現在不怕忘了。忘了的東西一定是記不住的東西，這是廢話，不過廢話若由經驗得來，就有廢話的用處。

看消息說今年是知識青年上山下鄉的三十周年，有要紀念的意思。不過依我的經驗，青春這件事，多的是惡。這種惡，來源於青春是盲目的。盲目的惡，即本能的發散，好像老鼠的啃東西，好像貓發情時的攪擾，受擾者皆會有怒氣。如果有所謂「知青文學」，應該是青春文學的一類，若是這樣，知青這個類，也只有芒克的《野事》一部寫得恰當吧。我們現在回頭去看所謂「知青文學」，多是無奈，無奈是中年以後的事，與青春不搭邊。再往回看到一九四九年，一路來竟無一篇與青春有關，只是些年輕時與政治意義的關係，與政治意義無關的青春，是不能入小說的，「知青小說」的致命傷，也在於此。而青春小說在中國，恕我直言，大概只有王朔的一篇〈動物兇猛〉，光是題目就已經夠了。

青春難寫，還在於寫者要成熟到能感覺感覺。理會到感覺，寫出來的不是感覺，而是理會。感覺到感覺，寫出來才會是感覺。這個意思不玄，只是難理會得。

編集舊東西，頭皮要硬一些，硬著頭皮才能將一些現在看來臉紅的東西集在一起送去出版。

寫於一九九八年年底

輯一

遍地風流

峽谷

山被直著劈開，於是當中有七八里谷地。大約是那刀有些彎，結果谷地中央高出如許，愈近峽口，便愈低。

森森冷氣漫出峽口，收掉一身黏汗。近著峽口，倒一株大樹，連根拔起，似谷裡出了什麼不測之事，把大樹唬得跑，一跤仰翻在那裡。峽頂一線藍天，深得令人不敢久看。一隻鷹在空中移來移去。

峭壁上草木不甚生長，石頭生鐵般鏽著。一塊巨石和百十塊斗大石頭，昏死在峽壁根，一動不動。巨石上伏兩隻四腳蛇，眼睛眨也不眨，只偶爾吐一下舌芯子，與石頭們賽呆。

因有人在峽中走，壁上時時落下些許小石，聲音左右盪著升上去。那鷹卻忽地不見去向。

順路上去，有三五人家在高處。臨路立一幢石屋，門開著，卻像睡覺的人。門口一幅布旗靜靜垂著。愈近人家，便有稀鬆的石板墊路。

中午的陽光慢慢擠進峽谷，陰氣浮開，地氣熏上來，石板有些顫。似乎有了噪音，細聽卻什麼也不響。忍不住乾咳一兩聲，總是自討沒趣。一世界都靜著，不要誰來多舌。

走近了，方才辨出布旗上有個藏文字，布色已經曬褪，字色也相去不遠，隨旗沉甸甸地垂著。

忽然峽谷中有一點異響，卻不辨來源。往身後尋去，只見來路的峽口有一匹馬負一條漢，直腿走來。那馬腿移得極密，蹄子踏在土路上，悶悶響成一團。騎手側著身，並不上下顛。

越來越近，一到上坡，馬慢下來。騎手輕輕一夾，馬上了石板，蹄鐵連珠般脆響。馬一聳一聳向上走，騎手就一坐一坐隨牠。蹄聲在峽谷中迴轉，又響又高。那隻鷹又出現了，慢慢移來移去。

騎手走過眼前，結結實實一臉黑肉，直鼻緊嘴，細眼高顴，眉睫似漆。皮袍裹在身上，胸微敞，露出油灰布衣。手隱在袖中，並不拽韁。藏靴上一層細土，腳尖直翹著。眼睛遇著了，臉一短，肉橫著默默一笑，隨即復原，似乎咔嚓一響。馬直走上去，屁股錦緞一樣閃著。

到了布旗下，騎手俯身移下馬，將韁繩縛在門前木樁上。馬平了脖子立著，甩一甩尾巴，曲一曲前蹄，倒換一下後腿。騎手望望門，那門不算大，騎手似乎比門寬著許多，可拐著腿，左右一晃，竟進去了。

屋裡極暗，不辨大小。慢慢就看出兩張粗木桌子，三四把長凳，牆裡一條木櫃。木櫃後面一個肥臉漢子，兩眼陷進肉裡，滲不出光，雙肘支在櫃上，似在瞌睡。騎手走近櫃檯，也不說話，只伸手從胸口掏進去，捉出幾張紙幣，撒在櫃上。肥漢也不瞧那錢，轉身進了裡屋，少頃拿出一大木碗乾肉，一副筷，放在騎手面前的木桌上，又回去舀來一碗酒，順手把錢劃到櫃裡。

騎手喝一口酒，用袖擦一下嘴。又摸出刀割肉，將肉丟進嘴裡，臉上凸起，腮緊緊一縮，又緊緊一縮，就嚥了。把帽摘了，放在桌上，一頭鬈髮沉甸甸慢慢鬆開。手掌在桌上劃一劃，就有嚓嚓的聲音。手指扇一樣散著，一般長短，併不攏。肥漢又端出一碗湯來，放在桌上冒氣。

一刻工夫，一碗肉已不見。騎手將嘴唷進酒碗裡，一仰頭，喉節猛一縮，又緩緩移下來，並不出長氣，就喝湯。一時滿屋都是喉嚨響。

不多時，騎手立起身，把帽捏在手裡，臉上蒸出一團熱氣，向肥漢微微一咧嘴，晃出門外。肥漢夢一樣呆著。

陽光又移出峽谷，風又竄來竄去。布旗上下扭著動。馬鬃飄起來，馬打了一串響鼻。

騎手戴上帽子，正一正，解下韁繩，馬就踏起四蹄。騎手翻上去，緊一緊皮袍，用腿一夾，峽谷裡響起一片脆響，不多時又悶悶響成一團，越來越小，越來越小。

耳朵一直支著，不信蹄聲竟沒有了，許久才辨出風聲和布旗的響動。

溜索

不信這聲音就是怒江。首領也不多說，用小腿磕一下馬。馬卻更覺遲疑，牛們也慢下來。

一隻大鷹旋了半圈，忽然一歪身，扎進山那側的聲音裡。馬幫像是得到信號，都止住了。漢子全不說話，紛紛翻下馬來，走到牛隊的前後，猛發一聲喊，連珠脆罵，拳打腳踢。鈴鐺們又慌慌響起來，馬幫如極稠的粥，慢慢流向那個山口。

一個鐘頭之前就感聞到這隱隱悶雷，初不在意，只當是百里之外天公澆地。雷總不停，才漸漸生疑，懶懶問了一句。首領也只懶懶說是怒江，要過溜索了。

山不高，口極狹，僅容得一個半牛過去。不由捏緊了心，準備一睹氣貫滇西的那江，卻不料轉出山口，依然是悶悶的雷。心下大惑，見前邊牛們死也不肯再走，就下馬向岸前移去。行到岸邊，抽一口氣，腿子抖起來，如牛一般，不敢再往前動半步。

萬丈絕壁飛快垂下去，馬幫原來就在這壁頂上。轉了多半日，總覺山低風冷，卻不料一直是在萬丈之處盤桓。

怒江自西北天際亮亮而來，深遠似涓涓細流，隱隱喧聲騰上來，一派森氣。俯望那江，驀地心中一顫，慘叫一聲。急轉身，卻什麼也沒有，只是再不敢輕易向下探視。叫聲漫開，撞了對面的壁，又遠遠盪回來。

首領穩穩坐在馬上，笑一笑。那馬平時並不覺雄壯，此時卻靜立如偉人，晃一晃頭，鬃飄起來。首領眼睛細成一道縫，先望望天，滿臉冷光一閃，又俯身看峽，腮上綳出筋來。漢子們咦咦喂喂地吼起來，停一刻，又吼著撞那回聲。聲音旋起來，緩緩落下峽去。

牛鈴如擊在心上，一步一響，馬幫向橫在峽上的一根索子顫顫移去。那索似有千鈞之力，扯住兩岸石壁，誰也動彈不得，彷彿再有錙銖之力加在上面，不是山傾，就是索崩。

首領緩緩移下馬，拐著腿走到索前，舉手敲一敲那索，索一動不動。首領瞟一眼漢子們。漢子們早蹲在一邊吃菸。只有一個精瘦短小的漢子站起來，向峽下彈出一截紙菸，飄飄悠悠，不見去向。瘦小漢子邁著一雙細腿，走到索前，從索頭扯出一個竹子折的角框，只一躍，腿已入套。腳一用力，飛身離岸，嗖的一下小過去，卻發現他腰上還牽一根繩，一端在索頭，另一端如帶一縷黑煙，彎彎劃過峽頂。

那隻大鷹在瘦小漢子身下十餘丈處移來移去，翅膀尖上幾根羽毛被風吹得抖。

再看時，瘦小漢子已到索子向上彎的地方，悄沒聲地反著倒手撥索，橫在索下的繩也一抖一抖地長出去。

大家正睜著眼望，對岸一個黑點早停在壁上。不一刻，一個長音飄過來，繩子抖了幾抖。又一個漢子站起來，拍拍屁股，抖一抖褲襠，笑一聲：「狗日的！」

三條漢子一個一個小過去。首領啞聲說道：「可還歇？」餘下的漢子們漫聲應到：「不消。」紛紛走到牛隊裡卸馱子。

牛們早臥在地下，兩眼哀哀地慢慢眨。兩個漢子拽起一條牛，罵著趕到索頭。那牛軟下來，淌出兩滴淚，大眼失了神，皮肉開始抖起來。漢子們縛了牠的四蹄，掛在角框上，又將繩扣住框，發一聲喊，猛力一推。牛嘴咧開，叫不出聲，皮肉抖得模糊一層，屎尿盡數撒瀉，飛起多高，又紛紛揚揚，星散墜下峽去。過了索子一多半，那邊的漢子們用力飛快地收繩，牛倒垂著，升到對岸。

這邊的牛們都哀哀地叫著，漢子們並不理會，仍一頭一頭推過去。牛們如商量好的，不例外都是一路屎尿，皮肉瘋了一樣抖。

之後是運馱子，就玩一般了。這岸的漢子們也一個接一個飛身小過去。

戰戰兢兢跨上角框，首領吼一聲：「往下看不得，命在天上！」猛一送，只覺耳邊生風，聾了一般，任什麼也聽不見，僵著脖頸盯住天，倒像俯身看海。那海慢慢一旋，無波無浪，卻深得令人眼呆，又透遠得欲嘔。自覺慢了一下，急忙伸手在索上向身後撥去。這索由十幾股竹皮扭絞而成，磨得賽刀。手劃出血來，黏黏的反倒抓得緊索。手一鬆開，撕得鑽心一疼，不及多想，趕緊倒上去抓住。漸漸就有血濺到唇上、鼻子，自然顧不到，命在天上。

猛然耳邊有人笑：「莫抓住雞巴不撒手，看腳底板！」方才覺出已到索頭，幾個漢子笑著在吃菸，眼紋一直扯到耳邊。

慎慎地下來，腿子抖得站不住，腳倒像生下來第一遭知道世界上還有土地，親親熱熱跺幾下。小肚子脹得緊，陽物酥酥的，像有尿，卻不敢撒，生怕走了氣再也立不住了。

眼珠澀澀的，使勁擠一下，端著兩手，不敢放下。猛聽得空中一聲唿哨，尖得直入腦髓，腰背顫一下。回身卻見首領早已飛到索頭，抽身躍下，拐著腿彈一彈，走到漢子們跟前。有人遞過一支菸，嚓地一聲點好。煙濃濃地在首領臉前聚了一下，又忽地被風吹散，揚起數點火星。

牛馬們還臥在地下，皮肉亂抖，半個鐘頭立不不起來。

首領與兩個漢子走到絕壁前，扯下褲腰，彎彎地撒出一道尿，落下不到幾尺，就被風吹得散開，順峽向東南飄走。萬丈下的怒江，倒像是一股尿水，細細流著。

那鷹斜移著，忽然一栽身，射到壁上，頃刻又飛起來，翅膀一鼓一鼓地搧動。首領把褲腰塞緊，曲著眼望那鷹，抖一抖襠，說：「蛇？」幾個漢子也望那鷹，都說：「是呢，蛇。」

牛們終於又上了馱，鈴鐺朗朗響著，急急地要離開這裡。上得馬上，才覺出一身黏汗，風吹得身子抖起來。手掌向上托著，尋思幾時才能有水洗一洗血肉。順風擴一擴腮，出一口長氣，又覺出悶雷原來一直響著。俯在馬上再看怒江，乾乾地嚥一嚥，尋不著那鷹。

洗澡

中午的太陽極辣，燙得臉縮著。半天的雲前仰後合，被風趕著跑，於是草原上一片一片地暗下去，又一片一片地亮起來。

我已脫下衣服，前後上下搔了許久。陽光照在肉上，搔過的地方便一條一條地熱。雲暗過來，涼風拂起一身雞皮疙瘩，不敢下水。

這河大約只能算作溪，不寬，不深，綠綠地流過去。牧草早長到小腿深，身上也已經出過兩個月的汗，垢都浸得軟軟的，於是時時把手伸進衣服裡，慢慢將它們集合成長條。春風過去兩個月，便能在陽光下扒光襯衣褲，細細搜撿著蝨子們。

遠遠有一騎手緩緩而來，人不急，馬更不急，於是有歌聲沿草崗漫開。凡開闊之地的民族，語言必像音樂。但歌聲並無詞句，只是哦哦地起伏著旋律，似乎不承認草原比歌聲更遠。

騎手走近了，很闊的一個臉，挺一挺腰，翻下馬來，又牽著馬，慢慢走到河邊，任馬去飲。騎手看看我，說：「熱得很！」我也說：「熱得很。」他又問：「要洗澡？」我說：「要洗澡。」他一邊解開紅圍腰，一邊說：「好得很！好得很！」

騎手將圍腰扔在草上，紅紅的燙眼睛。他又脫下袍子，一扔，壓在圍腰上。圍腰還是露出一截，跳跳的。

騎手把衣服都脫了，陽光下，如一塊臟玉，寬寬的一身肉，屁股有些短，腿彎彎的站在岸邊，用力地搔身上。

他又問：「洗澡？」我說：「洗澡。」他就雙手拍著胸，向水裡蹚去。水沒到小腿的一半。

忽然他大吼一聲，身子一傾，撲進水裡。水花驚跳起來，出一片響聲。不待水花落下去，他早又在水裡翻過身來，雙手挖水潑自己，嘴裡喃喃地叫著。

我站起來，也不由用手拍著胸腹，伸腳向水裡探去，但立刻覺得小肚子緊起來。終於是要洗，不能管涼，慎慎地往下走。

冷不防身上火燙也似涼得抖一下，原來騎手在用力挖水潑過來。我腳下一個不穩，跌到水裡。

水還糊住眼睛，就聽得騎手在嗬嗬大叫。待抹掉臉上的水，見騎手埋在水裡，只露一張闊臉在笑。

我說：「啊！涼得很！」騎手說：「涼得很！」

我急忙用手使勁搓胸前，臉上，腿下，又仰倒在水裡。水激得胸緊緊的，喘不出大口的氣。天上的雲穩穩地快跑。

騎手又哦哦地唱起歌，只是節奏隨雙手的動作在變，一會兒雙手又隨歌的節奏在搓。他撅起屁股，把頭頂浸到水裡，叉開手指到頭髮裡抓，歌聲就從兩腿間傳出來。抓完頭，他又叉開腿，很仔細地洗下面的東西，發現我在看他，很高興地大聲說：「乾淨得很！」

我也周身仔細地搓，之後站起來。風吹過，渾身抖著，腮僵得硬硬的，縮縮地看一看草原。

忽然發現雲前有一塊黃，驚得大叫一聲，返身撲進水裡。騎手看看我，我把手臂伸出去一指。

對岸一個女子騎在馬上，寬寬的一張臉，眼睛很細，不動地望著我們。

騎手看到了她，並不驚慌，把手在胸前抹一抹，闊臉放出光來，向那女子用蒙語問，意思大約是：沒有見過嗎？

那女子仍靜靜跨在馬上，隱隱有一些笑意。騎手彎下腰去掬一些水，舉到肩上鬆開手，身上沿著起伏處亮亮地閃起來。

那女子說話了，用蒙語，意思大約是：這另外一個人是跌倒了嗎？騎手嗬嗬笑了，說：「漢人的東西和我的不一樣，他恐怕嚇著你！」

我分明感到那女子向我盯住看，不由更向水裡縮下去。

那女子又向騎手說了：「你很好。」騎手一下子得意得不行，伸開兩條胳膊舞了一下，又叭叭地拍著胸膛，很快地說：「草原大得很，白雲美得很，男子應該像最好的馬，」他的聲音忽然輕柔極了，只有蒙語才能這樣又輕又快又柔：「你懂得草原。」

那女子向遠處望了一下，胯下的馬在原地倒換了一下蹄子。她也極快地說：「草原大得孤獨，白雲美得憂愁，我不知道是不是碰到了最好的馬，也許我還沒有走遍草原。」

騎手呆住了，慢慢低下頭去看河水。那女子聲音極高地吆了一下馬，馬慢慢地擺著屁服離開河邊跑去。騎手抬起頭來，好像在看天上的河水，忽然猛猛地甩甩頭髮，走到岸上，很快地把衣服穿起來。又一邊慢慢裹著圍腰，一邊看著遠去的黃頭巾。騎手一搖一搖地去牽走遠了的馬，唱起歌來，那大致的意思是：

最好的馬在呼倫貝爾
馬兒在呼倫貝爾最好

因為呼倫貝爾草原最好
最好的馬在呼倫貝爾
馬兒在呼倫貝爾最好
因為呼倫貝爾騎手最好

馬兒跑遍草原
女人走遍草原
但在呼倫貝爾草原停下來

馬兒停在這裡
女人留在這裡
成吉思汗的騎手從這裡開拔

那女子走得極遠了，停下來。騎手一直在望著她，於是飛快地翻上馬去，緊緊勒住皮韁，馬急急地刨幾下蹄子。騎手猛一鬆韁，那馬就箭一樣筆直地跑進河裡，水扇一樣分開。馬又一躍到對面岸上，飛一樣從草上飄過去。

陽光明晃晃地從雲中垂下來，燃著了草岡上一塊紅的火，一塊黃的火。

雪山

太陽一沉，下去了。眾山都鬆了一口氣。天依然亮，森林卻暗了。路自然開始模糊，心於是提起來，賊賊地尋視著，卻不能定下來在哪裡宿。

急急忙忙，猶猶豫豫，又走了許久，路明明還可分辨，一抬頭，天卻黑了，再看路，灰不可辨，吃了一驚。

於是摸到一株大樹下，用腳蹚一蹚，將包放下。把菸與火柴摸出來，各抽出一支，正待點，想一想，先收起來。俯身將草攏來，擇乾的聚一小團，又去尋大些的枝，集來罩在上面。再將火柴取出，試一試，劃下去。硫火一躥，急忙攏住，火卻忽然一縮，屏住氣望，終於靜靜地燃大。手映得透明，極恭敬地獻給乾草，草卻隨便地著了，又燃著枝，噼噼啪啪。顧不上高興，急忙在影中四下望，搶些大枝，架在火上。

火光映出丈遠，遠遠又尋些乾柴。這才坐下，抽一枝燃柴，舉來點菸。火烤得頭髮一響，菸也著了。煙在腔子裡脹脹的，待有些痛，才放它們出來，急急的沒有蹤影，一尺多遠才現出散亂，扭著上去。那火說說笑笑，互相招惹著，令人眼呆。漸漸覺出尷尬，如看別人聚會，去總也找不出理由加入，於是悶悶地自己想。

雪山是應該見到了，見到了，那事才可以開始。還沒有見到，於是集了腦中的畫片，一頁一頁地翻，又無非是白的雪，藍的天，生不出其他新鮮，還不如眼前的火有趣，於是看火。火中開始有白灰，轉著飄上去，又做之字形盪下來。咔嚓一聲，燃透的枝塌下來，再慢慢地移動。有風，火便小吼，暗一暗，再亮一亮，又暗一暗。柴又一塌，醒悟了，緩緩壓上幾枝，有青煙鑽出來，卻又叭的一聲，不知哪裡在爆。

依然不能加入火，漸漸悟到，距離的友誼，也令人不捨與嚮往。心裡慢慢寬起來，昏昏的就想睡。側身將塑料布攤開，躺上去，一滾，把自己包了。

時時中覺出火的集會漸漸散去，勉強看看，小小的一點紅，只剩一個醉漢的光景。似夢非夢，又是白的雪，藍的天，說不清的遙遠。有水流進來，剛明白是霧沉下來，就什麼也不再知覺。

夢中突然見到一塊粉紅，如音響般，持續而漸強，強到令人驚慌，以為不祥，卻又無力閃避，自己迫自己大叫。

卻真的聽見自己大叫，真的覺到塑膠布在臉上，急忙扯開，粉紅更亮，天地間卻靜著，原來非夢，只是混沌中不理知那粉紅就是晨光中的山頂。癡癡地望著，腦中漸漸浸出涼與熱，不能言語。

山頂是雪。

湖底

後半夜，人來叫，都起了。

摸摸索索，正找不著褲子，有人開了燈，晃得不行。渾身刺癢，就橫著豎著斜著撓。都撓，咔哧咔哧的。說，你說今兒打得著嗎？打得著，那魚海了去了。聽說有這麼長。可不，晾乾了還有三斤呢。鬧好了，每人能分小二百，吃去吧。

人又來催。門一開，涼得緊，都叫，關上關上！快點兒快點兒，人家司機不等。這就來，也得叫人穿上褲子呀！穿什麼褲子，光著吧，到那兒也是脫，怎麼也是脫。

不但褲子穿上了，什麼都得穿上，大板兒皮襖一裹，一個一個地出去，好像羊豎著走。

涼氣一下就麻了頭皮，捂上帽子，只剩一張臉沒有知覺。一吸氣，肺頭子冰得疼。真他娘冷。真他奶奶冷。玩兒命啊。吃點子魚，你看這罪受的。

都說著，都上了車。車發動著，呼地一下躥出去，都摔在網上了，都笑，都罵，都不起來，說，躺著吧。

草原凍得黑黑的，天地黑得冷，沒有一個星星不哆嗦。就不看星星，省得心裡冷。

騎馬走著挺平的道兒，車卻跑得上上下下。都忍著說，顛著暖和。天卻總也不亮，都問，快到了吧？別是迷了。

車也不說一聲兒，一下停住。都滾到前頭去了。互相推著起來，都四面望，都說，哪兒哪？怎麼瞅不見呀？車大燈亮了，都叫起來，那不是！

草原不知怎麼就和水接上了。燈柱子裡有霧氣，瞅不遠。都在車上抓漁網，胡亂往下扔。扔了半天，扔完了。都往下跳，一著地，嘀，腳腕沒知覺，跺，都跺，響成一片。

車轉了個向，燈照著網。都擇，擇成一長條，三十多米，一頭拴在車頭右邊。剛還黑著，一下就能看見了，都抬頭，天麻麻亮。都說，剛才還黑著呢。

先攏起一堆火。都伸出手，手心翻手背，攥起來搓，再伸出去，手背翻手心，摸摸臉，鼻頭沒知覺。都瞅水。

說是湖，真大，沒邊兒。湖面比天亮著幾成。怪了，還沒結冰。都說，該結了，怎麼還沒結呢？早呢，白天還暖和呢，就是晚上結了，白天也得化。這才剛立秋。媽的，剛立秋就這麼冷。後半夜冷。關外不比關裡。北京？北京立秋還下水游泳呢！霜凍差不多了，霜凍也沒這疙冷。

酒拿出來了，說，都喝。喝熱了，下水。火不能烤了，再烤一會兒離不了，誰也不願下了，別烤了，別烤了。都離開了，酒傳著喝。

天一截比一截亮。湖紋絲不動。

都甩了大羊皮襖，縮頭縮腦地解襖釦子。絨衫不脫，脫褲子。往下一褪……毛都奓起來，卵子縮成一團。都趕緊用手搓屁股，搓大腿，搓腿肚子，咔哧咔哧的。搓熱了，搓麻了，手都搓燙了，指尖還冰涼。都佝著腰，一人提一截網，一長串兒，往水裡走。

都嚷，媽的，這水真燙啊！要不魚凍不死呢，敢情水裡暖和。你說人也是，咋不學學魚呢？嘿，人要學了魚，趕明兒可就是魚打人了。把人網上來，開膛，煺毛，抹上鹽，晾乾了，男人女人堆一塊兒，魚穿著襖，喝著酒，一筷子一筷子吃人，有熏人，有蒸人，有紅燒人，有人湯。

都笑著，都哆嗦著，漸漸往深裡走。水一圈兒一圈兒順腿涼上來。最涼是小肚子，一到這兒，都吆喝。

水是真清。水底灰黃灰黃的。腳碰到了，都嚷，嘿，踩著了！懶婆娘似的，天都亮了，還不起！別嚷別嚷，魚一會兒跑了。

網頭開始往回兜，圍了一大片。人漸漸又走高了，水一點一點淺下去。水順著腿往下流，屁股上閃亮閃亮的。都叫，快！快！凍得老子頂不住了！

天已大亮，網兩頭都拴在車頭後面。司機說，好了沒有？都說，好了好了，就看你的了！

半天沒動靜。司機一推門，跳下來，罵，媽的，凍上了，這下可毀了！都光著屁股問，拿火烤烤吧？

司機不說話，拿出搖把搖。還是不行，就直起腰來擦一下頭。都在心裡說，嘿，這小子還出汗了。

司機的胳膊停在腦門上，不動，呆呆的。

都奇怪了。心裡猛的一下，都回過頭去。

一疙瘩紅炭，遠遠的，無聲無息，一躥，大了一點兒。屁股上都有了感覺。那紅炭又一躥，又大了一點，天上滲出血來。都噤聲不得，心跳得咚咚的，都互相聽得見，都說不出。

還站在水裡的都一哆嗦，喉嚨裡亂動。聽見那怪怪的聲音，岸上的都向水裡跑。湖水顫動起來，讓人眼暈，呆呆地看著水底。灰黃色裂開億萬條縫，向水面升上來。

奶奶的！都是魚。

輯二

彼時正年輕

天罵

太行山隔成山東山西，黃河斷開河南河北。

山東河北河南乃川地，可車馬疾馳，古久兵來將往。近代通火車，哐哐哐哐。開得人昏昏欲睡。

太行以西，山西陝西甘肅青海，一台高過一台，至崑崙，古人說是天上，有瑤池，住西王母。詩人說，黃河之水天上來。因此，要登天，太行是第一階。魯地的泰山，只是平川裡祭天的小台子吧。

王小燕插隊到吳村，早上起來，開門見山，心裡覺得太行真是嫵媚。無非是石頭，卻有石頭的樣子，無非是山，卻覺得是真山。山頭常有大平地，地邊塌了，石頭滾很遠，留在谷底，好像是山頭的遠房親戚。有豹子，瞇著眼看看太陽，靜靜地走。有野雉，妖妖嬈嬈，飛不遠，落下去，卻和山色混起來，找不見了。有十幾隻羊，後頭跟著個穿羊皮的人。

地裡的活計很雜，東一小片穀，西一小片粟，常常鋤了幾十棵苞米的草，就肩著鋤，彎彎曲曲走好遠，再鋤十幾棵苞米的草。

一天下來，說不上是累，還是不累。躺在炕上，手麻麻的，腳熱熱的，胯瘆瘆的，炕硬硬的，把屁股壓得扁扁的，於是翻身，腰又彎彎的。坐起來，走出去，天黑黑的，一股熱石頭味兒。

回到屋裡，點上油燈，翻來找去，沒有什麼可看的。於是看燈，看燈火苗兒上的一縷煙，縹縹緲緲。忽然房東不知在什麼地方說，姑娘，油貴哩，早些息下吧。

小燕就息下了，做各種各樣的夢。

懵懂裡聽得雞叫，雞叫就雞叫吧，又睏過去。懵懂裡又聽得雞叫，聽聽，房東在燒灶，噼噼啪啪，心裡明白是早上了。睜開眼躺著，卻聽出來不是雞叫，是個婆姨在遠遠地高聲叫。叫的什麼，小燕聽不懂。

小燕起來，抹了臉，知道這裡水金貴，沒有敢刷牙，心裡預備著沒人的時候再刷牙。坐下來，和房東老倆口吃東西，無非是苞穀。楊樹葉在水裡泡了一年，酸酸的，很苦，撈在碗裡下飯。以為像城裡小鋪子賣的橄欖，嚼嚼就會回甜，於是低下頭嚼，很久很久，還是苦的，只得嚥了。抬起頭來，房東在笑，說，城裡那多糧，怎就養不下個姑娘，來這搭受？

小燕欲講再教育的道理，想想，問，這是誰在叫什麼，好半天了？

房東聽聽，夾了一箸楊樹葉放在嘴裡嚼，說，嗐，吳黑狗家的丟了掃帚，在天罵哩，中晌掃帚就回來了。

原來若誰家丟了什麼少了什麼，或有何事故怨屈，則當家的女人就到房上扯開喉嚨吼，詛天咒地，氣勢雄渾，指斥爹娘，具體入微，被詛咒者受不了這天罵，只得將拂去之物悄悄還回。

小燕於是凡有天罵便仔細聽，漸漸也懂了男女之事，因為天罵的菁華，無非是詳細描述人體器官及其功能，上至祖先，下及孫兒，所謂詛咒，無非是器官的功能不得順利發揮，或沒有結果，或很困難，或，等等等等。

小燕亦反而明白了許多生活禁忌，例如來信後不可冷水浸腳，因為天罵講了讓你來信歪在溝溝裡，腳折屄澀肚腹痛；例如不可腹背式媾和，因為天罵講了產下兒孫是豬狗，這一條小燕倒不太相信，怎麼會呢？無非罵人是豬狗。

小燕有一次想到若自己到房頂去罵，可會如此嘹亮，如此機智，如此富於想像，如此經驗老到，如此氣吞太行，如此嫵媚？

小燕後來在村裡嫁漢生子，早晨起來，生火造飯，聽著誰家女人在屋頂主持現場廣播，任灶膛的火光在臉上撩來撩去，默默地等待自己於太行山的第一次天罵。

小玉

溫小玉，一九六八年的時候十六歲。人長得平常，滿街走的都是和小玉差不多的女孩子，所以小玉並不顯得特出。

只有認識小玉的人，才會在街上對也認識小玉的人說，瞧，那人長得多像小玉。聽到這話的人會仔細看那個像小玉而不是小玉的女孩子，說，是挺像的。或者說，不像不像，差遠了去了，小玉那股勁兒！

小玉顯得有點傻，跟她說話的人一般都不認為她聽懂了別人話裡的意思，所以鬧誤會的總是別人。

小玉雖然顯得有點傻，可是不楞，也不呆。只是顯得有點傻。同年齡的男孩子說到小玉，總要顯出一副大人樣，說，小玉那個傻勁真難拿。可是男孩子們總是慌慌張張找些理由去小玉那裡，或者說話很粗魯，或者講一條極祕密的政治消息，或者痛罵某某某，再或者，搬弄人生或者哲學。種種或者，都不能讓小玉顯得聰明起來，男孩子們都對自己得到了什麼疑神疑鬼。

那年冬天，學校的布告公布了插隊的地點，大家在小玉那兒議論，山西之後是陝西。陝西之後呢，看來是甘肅，趨勢是離北京越來越遠，反正是得插隊，再不決定，後悔莫及。

小玉說，我已經報名了。屋裡人都啊了一聲，之後是勸，說，陝北可苦啊。小玉說，那怎麼辦呢？有人用疑問句勸了，說，那你的琴怎麼辦呢？

小玉彈鋼琴。

小玉彈起琴來，也是有點傻，好像是東摸摸，西碰碰，可是意思就是摸摸碰碰地出來了。誰也說不清是怎麼出來的。有人說，這哪裡是彈鋼琴，這就是摸你的腦袋嘛。大家就罵，認為比喻得真俗，怎麼是摸腦袋，應該是摸心。又有人罵，真肉麻。問小玉，小玉說，琴鍵光光滑滑的，不信你們摸。

小玉的父母都是在六六年死去的。小玉一家原來住一個單元，於是搬進來兩家，佔了兩間，小玉住一間。這一間容得下一個琴，就再容不下一張床了。人來了，順著牆角坐，或者就站著。小玉是睡在琴上面的，所以小玉彈琴，常常是盯著被面上的小素花。

另外的兩家很煩小玉彈琴，可是看著進進出出一臉青春痘的半大小子們，不敢說什麼，只是奇怪那麼小的房間怎麼容得下那麼多人。

很多人來幫小玉來打行李，小玉非要把琴帶到村兒裡去，琴要拆開，分裝成四件。

火車到了西安，行李換到汽車上，汽車到了銅川，行李換到馬車上，馬車到了縣裡，行李換到牛車上，到了公社，就是村裡的人來扛了。村裡的人嫌小玉的行李沉，知識青年說，這是抽水機。

村離公社五十里，一夥人在溝裡走，時冬臘月，扛琴的人汗在臉上凍成冰碴。小玉說，我不要了，扔了吧。村裡人說，抽水機是金貴東西，咱村沒電，等日後有了電，好大的用場，咋敢就扔了？

小玉說，那是琴，扔了吧。村裡人沒見過這麼大的琴，愈發要扛回去。琴沒有裝起來，因為螺釘不知道掉到哪裡去了。拉弦鋼板靠在隊部的牆上，村裡的小孩子用小石頭子扔，若打中了，嗡的一聲，響好久。

兔子

我認識李意的時候，不知道他是「兔子」。我們都是十七歲，他小我七個月。我們後來插隊在同一個村，五個男知青同睡一個炕，晚上擠在一起，之間隔著兩個人的被。

冬天活計少，晚上又無聊，大家就講故事。講什麼呢？講愛情的吧。於是講各種奇怪的愛情和千篇一律的愛情。

其實倒也不覺得愛情是千篇一律的，原因是炕邊上有一盞油燈。古來的故事都是在油燈邊上講的，所以油燈於故事功莫大焉。很平庸的故事，油燈下講，就都活動無邊。第二天，太陽底下想起來，停鋤大罵。

有一天，故事講到一半，一個人出去解手。正在窗外嘩嘩著，忽聽到有女人的聲音，原來是住在隔壁的女生，問，你們幹什麼呢？解手的人說，沒事兒，瞎講故事。女生說，那我們能聽嗎？解手的人說，嗯，我問問。

進來一問，都說行啊來吧。正收拾著炕上，呼啦進來五個女生，進來就四下看，好像有東西丟在這裡，又不好意思說。

女生一進來，男生的愛情故事就不好講了。女生催，李意說，咱們講奇怪的吧。講奇怪的我最拿手，於是就講了一個。

說是萬曆年間，皇帝有天閒得慌，就叫太監講個故事來解悶兒。太監說，「一個太監」，之後半天不說話。皇帝奇怪了，問，下邊呢？太監說，沒有啦。

大家都瞪著我，我也半天不說話。女生性急，問，後頭呢？我說，後頭長尾巴了。大家就亂笑亂罵，氣氛活躍起來。氣氛一活躍，故事就來了。講故事最怕人瞪著你，很誠懇地說，聽說你會講故事，講一個吧。

活躍是活躍了，男生女生初在一起還是不習慣講愛情故事，於是一個女生突然壓低了聲音說，告訴你們，我們院兒啊，有個女的，你們猜怎麼著，她和一個女的好。

大家都一愣，說，那怎麼了？這個女生說，嗐，你們怎麼就不明白呢，她和那女的那個……油燈，我說過了，油燈於故事功莫大焉，大家都明白了。

於是這一晚上就是那個了。這真是巧妙的一晚上，藉著同性故事的那個，滲透異性的那個。雞叫頭遍了，女生們睏臉上兩眼賊亮，說，我們得回去了，明天我們帶點兒燈油來，別老用你們的。才一個晚上，就已經「老」了。

男生這邊開著「老」的玩笑，各懷鬼胎，紛紛鑽進被窩，立刻就沒聲息了。

窗紙濛濛亮的時候，我醒了一下，立刻覺得有人和我在一個被窩裡，從位置判斷，我知道是李意。這一夜的故事情節和各種對那個的推測一下都具體到我的後背上了。李意睡得很死，鼻子裡的氣弄得我的脖子濕答答的。

黎明是冷的。我一直沒動，一直沒敢動。

天亮的時候，李意離開了。我悄悄側過頭去，看著逐漸清晰起來的他的少年人的臉，想著昨晚一屋子的各種笑聲，我真不該講那個太監的故事。唉，少年人，怎麼辦？

專業

從北京西直門向西北，經懷來，宣化，出張家口，折西南，過萬全，懷安，陽高，便是大同。由大同北上豐鎮，可達集寧，已是出了山西，不提。

大同居雁北。再向西，越長城，涉沙漠，到喇嘛灣，已是黃河邊上，還是出了山西，不提。

大同向南，走懷仁，山陰，朔縣，下寧武，原平，過忻州，太原在望，已是晉中，漸富庶，人多食麥，與雁北不可同日而語，也不提。

雁北乃吝嗇之地。長寸草，以為可稼穡。穡時，瘦麥瘠粟，不稼也罷。不長好樹，惡木也不甚生長。一條桑乾大河，潤澤潦草，逃也似東去河北。聞名景觀，倒也雲岡，五台，北嶽恆山，渾源懸空寺，再，就是大風。

左雲在東，右玉在西，左右卻是對北來者而言。塞外風起，疾行千里，正飛沙走石得痛快，突逢左雲右玉有山百里對峙，狹路越急，發怒吼，東觸太行，扶搖直上，凌空壓頂，河北有得好看了。

公元一九六七年冬，北京有萬把初中高中學生來雁北，自備行李，自覺或不自覺地到各村去，接受當地貧下中農的再教育。

一畝粟，一人是種，十人也是種，卻不會因十人種而產十倍粟。奪口中糧，貧下中農，不但貧下中農，隊裡，大隊裡，公社裡，縣裡，地區裡，都不情願在教育一下這些腸胃正旺的知識青年。

懷仁鄭村住進五個學生，張，王，李，趙，林。張王李趙林在一個學校一個年級一個班，念到高中三年級，都想考一所大學，非清華，即北大，整日雄心像鑰匙般拴在身上，不料畢業考試剛過，文化大革命興，破四舊，第一破的就是高考制度。來年，上山下鄉起。張王李趙林聚在鄭村的炕上，點一盞油燈，胡扯永恆的主題。愛情不在嘴上，於是談政治，論經濟，談論政治經濟學。講相對論，分廣義，狹義，題目都很大。理解不太相同，於是爭，站起又坐下，下炕復上炕。聲震屋瓦，穿牆透壁，引得鄭村的狗吠成一片。兩三里外楊村的狗也警覺，也吠成一片，漸吠漸廣，幾成燎原之勢。

鄭村冬天無活計，只有晨起拾糞，用不到學生。竟日大風。忽一日，天氣晴和，老鼠都出來曬太陽。張王李趙林決定到懷仁縣城走一遭。

陽光下的雁北，竟有些晃眼。張王李趙林不同程度地流了些淚，紛紛揉著，沿大路走了五個鐘頭，到得城裡。城裡亦是破敗，好歹因革命需要，用紅漆標語妝點著。張王李趙林尋到一間飯鋪，破費就破費吧，點了肉，引得叫化子輪番乞討。張王李趙林吃得血氣上升，又論起來，倒讓叫化子們遠遠圍著看不要錢的戲。題目依然大，而且專業。

跑堂的當然說了話，你們吵的什麼，我不懂。不懂就是不懂，不能裝懂。毛主席他老人家偉大就是偉大，他老人家沒在語錄裡指示麼？張王李趙林說沒有，這是專業問題，毛主席只管革命大方向。跑堂的說那好，我倒識得一個人，是學習專業的，你們既是專業有問題，何不找他斷斷？張王李趙林將信將疑，問是何人。跑堂的說前兩天來了一個北京大學的學生，也點了肉吃，沒有你們點的多就是了。張王李趙林急問人在何處。跑堂的說不遠，那個大學生分配在閻家溝的私窯，十里，走快了，三袋煙就到。

張王李趙林即刻起身。

雁北何以處半毛不毛之地而不廢，原因卻是向下，地下，地下有煤。國家自然在挖，但各村只要尋到脈，自己掏個窟窿下去，挖些私煤，亦可度日。只是條件差，都是叼了羊脂燈，拽個筐，爬著挖煤。為省衣服，又都是光身，講究的，將雞巴拴好，免得傷了根。

張王李趙林摸到閻家溝。鄉親指點了，又尋到窯口。一匹瘦驢馱筐立等著。窯似井，口上支個轆轤，有兩個人縮脖納袖地守著。問了，說有，就趴在窯口喚，上來吧，有鄭村的學生尋你哩。片刻，繩搖動了，兩個人開始一左一右地轉轆轤。

張王李趙林圍到窯口，等著具體的北京大學從地裡冒出來。出來了，坐在筐裡，黑脖黑臉，一條黑線從腦後拴著黑眼鏡，眼白轉動，問，哪位找我？張王李趙林說，我們，北京的，分在鄭村，聽說你是北大的，來聊聊。北大的說，好哇，聊聊呀。有女生請避一下，讓我穿上衣服。張王李趙林說都是男的。北大的立起身邁出筐，低頭彎腰在地上翻撿衣裳，屁眼兒倒是白的。

張王李趙林問，怎麼大學生也插隊了？北大的穿著衣服，說，沒有呀，我們是分配工作，劉少奇的女兒劉濤，分在大同嘛。張王李趙林問，那你什麼專業，分到這兒挖煤？

北大的正繫鞋帶兒，聽問，說，我？專業對口，我讀的是地球物理。

秋天

秋涼了。清早起來，土牆頭上可見極薄的霜，村外車道裡的牲口糞上也是一層極薄的白，拾糞的人將它們收進背筐裡，硬硬的滾來滾去。

收秋煩人。東一塊莊稼熟了，就收東一塊的。過些日子，西一片莊稼也熟了，就收西一片的。拉拉雜雜，全沒有夏收的催命。散逸，慢慢地走到地頭，慢慢地歇，慢慢地看，追追野兔子，挖挖田鼠的洞。天短了。早早收工，慢慢地回來。人亦喜歡此時在地裡野合，伏夏，交配之後總是一背脊的汗。陶元亮說，採菊東籬下，悠然見南山。何時採菊？而且悠然？秋天嘛。

曉重在北京時看過些雜七雜八的東西，倒也覺得胸中滿滿的。插隊到這大河邊，一個夏天累得糊里糊塗，入秋方曉得「悠然」二字，傍晚西望，又悟出秋天才「山氣日夕佳」，於是回屋裡拿出帶來的壽山石，刻來刻去，將食指拇指一齊劃破。

劃破就劃破，秋天不大用到手了。

不料晚上手指開始腫，一跳一跳地痛，曉重心想，不會破傷風吧？因為有些城裡的醫療常識，竟怕起來，於是舉著一隻手摸下炕，想，找些藥塗塗吧。

村裡人都說既然不流血了，就不會怎麼樣，要是有毒，就擠，將黑血擠得變了紅血，用灶裡的灰撒上，包沒有問題。曉重聽得頭皮很緊，只好忍著，卻不容易睡著了。

昏昏沉沉的一夜，天還沒有完全亮，聽得拾糞的人走過去，聽得一聲烏鴉叫，忽然就有女人尖利地喊，臭流氓，吊起來，吊起來再說！接著村裡的狗就開始叫了。

曉重聽出是同村的女生的京腔，普通話。

村裡插隊的知識青年分男生和女生，不是一個學校來的。本來住一間房的兩廂，但互相不講話，又因為吃飯的事情，鬧些衝突，僅有的言語就全是硬的了。終於分開，雙方都好像獲勝一樣，卻都不將後悔露出來，起碼曉重是這麼體會幾個男生的。

曉重舉著舉了一夜的手，穿上衣服，尋聲找出去。村道上立著早起拾糞的，曉重問，怎麼了？什麼事？拾糞的說，拾糞的什麼也沒說，嘴動著，嘆了口氣。

曉重突然冒出個預感，就對也到村道上來的男生們說，走，可能有人欺負女生了。男生們像是等到了什麼機會的樣子，開始跑起來。

進了院門，女生們都在，立著，一個女生揮著手說，男生們都知道她叫宋彤，宋彤揮著手對女生們說，你們還愣什麼？男生們問，怎麼了？誰流氓了？眼睛一齊盯著蹲在牆邊的房東，開始挽袖子。

宋彤說，不是他，是她。說這就抽出一條皮帶，喊，也行，是過紅衛兵的，把她吊起來。男生們愣了，「她」是房東的老婆，立著，臉很白，其實不是臉白，是血色沒有了。

宋彤用皮帶指著女人說，我琢磨她好幾天了，一到晚上，就有男人進去，她和男流氓在炕上，她丈夫弄個狗皮睡在炕下，真不要臉！一個男人才給她兩分錢，真不要臉，臭流氓！北京來的，嘿你們，我說你們哪，等什麼哪？

曉重舉了舉自己受傷的手指，走到一邊去。男生們卻誤解了曉重的理由，說，男流氓還可以，女流氓你們來吧。宋彤一邊罵你們裝什麼侖性，一邊過去扭房東媳婦的手，女生們也猶猶豫豫地過去，媳婦真的吊起來了，露出紅褲腰。媳婦呀呀地叫，房東就開始用頭磕牆，低聲喊，北京的奶奶們喲北京的奶奶們喲。村裡的人遠遠圍著，嘴裡冒著白氣好像秋天早晨河上的水霧，冒成一片。媳婦的髒襖慢慢敞開了，兩隻奶凍得縮著，奶頭青紫。抻長了的腰掛不住個棉褲，忽地落下來，露出男生們第一次面對的部位，房東踴躂著跑過去，給自己的媳婦往上提褲子，臉上挨了宋彤一皮帶。

從這天以後，村裡很靜，靜得知青們害怕。年底分紅的時候，村裡每個勞動力，每人分到六分錢。曉重後來說，一次兩分錢，四個月喲。

曉重永遠不能原諒自己當時躲開了，曾經找了很多理由，都不行，尤其一想到舉起過自己的傷手指，就喘氣。「山氣日夕佳」的閒章從此沒有刻完。

兩年三年的，知青們陸陸續續轉回北京去了。宋彤沒有回北京，後來改了名字，四年後嫁到另外的村子去。

夜路

吳秉毅不信鬼，不怕死人。本來可以到火葬場去工作，但是一九六八年的時候，火葬場算城裡的工作，按上山下鄉的政策，吳秉毅只能下鄉。

在鄉下，吳秉毅不怕走夜路。沒有月亮的時候，吳秉毅憑星光，辨得出深灰的路，走起來飛快，而且不必唱歌。

因為吳秉毅不怕走夜路，就有不少女孩子求他陪走夜路。這本是很浪漫的事，小說裡都是這麼寫的，讀起來只注意到一男一女。可惜夜路不是小說，女孩子的恐懼太具體，樹影的搖動，陰沉的山，什麼地方的水聲，以及各種莫明所以的響動，突然觸到臉上的枝條，掉進領子裡的蟲子，莫名其妙的亮光，而且恐懼到叫不出來，怕驚動了更大的危險。

打手電，會有在明處的感覺，好像暗處的危險都注意到這唯一的亮光，於是聚攏來，隨時進攻。吳秉毅是熟悉的活人，又不發光，不要說女孩子，就是男孩子都願意和吳秉毅搭伴走夜路。

一到夜裡，吳秉毅抵得上個毛澤東，大家無論怎麼背語錄，念「徹底的唯物主義者是無所畏懼的」，還是畏懼。

吳秉毅也因此交到一個女朋友，叫小秀。小秀是赤腳醫生，常常要夜裡出去處理問題，因為吳秉毅是小秀的男朋友，所以大家都好意思夜裡驚動小秀，「沒關係，有吳秉毅呢。」

一九七三年，小秀得了急症，連夜抬出山，半路就死了。離縣裡還有一天的路，商量之後，只好抬回來。地方上通知了小秀在上海的父母，父母趕來最少要十天，於是就將小秀放在一間草房裡，等小秀的父母來見最後一面，領導上說，要讓小秀的父母滿意。

屍體放過兩天，就會發鹹，田鼠最愛吃，各種蟲子也愛吃，一隊一隊地跑來，不管屍體的父母滿意不滿意。

於是要有看屍體的人。小秀有那麼多朋友，這時都怕死了的小秀，只有吳秉毅來看。大家都說，吳秉毅是小秀的男朋友嘛。

天氣熱，屍體就脹，先是大腸發酵，肚子凸得像懷胎十月。死前大吃一頓只有爛得更快，和尚明白這個道理，坐化前很久就不吃東西了，金身不壞。天黑後，涼下來，腹中氣流竄，肚子裡吱吱亂響，氣出喉管，小秀就發出呻吟，好像還活著在忍受病痛。

吳秉毅持棍趕田鼠，睏了就迷糊一下，直到小秀的父母千山萬水趕來。自此以後，吳秉毅就成了專門看屍的人，當然還有陪走夜路的人走夜路。

火葬

郭處長生前是物資處處長，手裡掌管著許多用得著用不著或暫時用不著但終歸用得著的物資。比如有一項物資叫生漆。

漆樹長到手背粗細，用刀劃它的皮，就會流出汁液，用桶蒐集起來，就是生漆。生漆對某些人是毒。有的人經過漆樹附近，皮肉會腫，嚴重的會呼吸困難，甚至死掉。有些男人會陰囊腫起來，奇癢或奇痛，腫的人常常懷疑是否影響生育能力。有的人則完全不受影響，好好的，當然，收生漆的是不受影響的人。

生漆古來就是唯一的漆，除了桐油。生漆是好東西，漆木器，竹器，藤器，越用越亮，像琥珀。長春第一汽車製造廠造的中央首長坐的紅旗牌轎車，表面漆的生漆，陰囊腫的問題應該是解決了。桐油雖然沒有陰囊腫的問題，可誰聽說過用桐油漆汽車嗎？沒有。

風水流轉，化學漆越配越好，種類又多，沒有人用生漆了。鐵，木，竹，藤，中央首長的小轎車，都不用生漆了。所以，郭處長手裡積了一批生漆。

風水又流轉。有人研究出來，生漆可以是某種藥的某種成分。所以，找郭處長要生漆的單位不遠萬里跑來，請郭處長到縣上喝酒。喝著酒，事情就辦了，否則要生漆的單位太多，不好辦。

所以郭處長生前是個不好隨便得罪的處長。

郭處長的死因與物資無關，是拉痢疾。地處邊遠，送醫不及，半路就過去了。司機和陪同的公社醫生，還有幹事，找不到個電話，打不成長途，尋到一個軍隊的電話班，與他們商量。電話班在電話裡請示首長，首長念及死在半路的郭處長是在四九年的南下幹部，雖然是林彪部隊裡的，還是讓打了。送醫小組請示了縣裡，連夜把郭處長的屍體運回來。

開追悼會之前，黨委會決定不與郭處長的遺體告別，先火葬，之後與骨灰告別。

於是，請當地的百姓燒。聽說死去的人身上有毒，百姓不攬這個工。當地倒是興火葬，因為信佛教。文化大革命破四舊，禁了佛教倒沒有認為火葬是四舊之一，因為毛主席他老人家簽過字，說死後也火葬。

縣裡說，叫知青燒吧。於是來了四個知青。

縣裡批了木料，四個知青拾了一天柴，把木料拿回寨子裡分了。本來這木料是郭處長批給另一個處長的，不知道要幹什麼用。

柴堆起一人多高，一人多長，一人多寬，也就是一立方多人。用繩子把郭處長吊上去，仰躺著。有人說，把他衣裳脫了，反正是要燒，拿回去洗洗，一樣穿。於是把郭處長的衣裳脫下來，人硬了，很不好脫。脫了之後，才顯出郭處長的肚子驚人，大家說，油大好燒，點火吧。

於是點火，從底下點。柴一點一點塌下來，郭處長開始坐起來，弓著腰又側躺下去，四個知青拿四根長棍四面杵住前郭處長，怕他不安分，真要活過來，分了的木料可能會要回去的。

不到半個時辰，一聲悶響，郭處長肚子爆了，油濺到知青的臉上，溫溫的。原來郭處長不但沒有成灰，因為胖，內裡連熟都沒熟。一個知青跑回寨子接受貧下中農再教育，回來說，要撒黃豆，或者花生。於是到縣裡批條，到物資處拿來花生黃豆，撒上去，一會兒，一粒一粒的火苗躥得很直。花生黃豆早分出一半，四個知青另起了一堆火，燒到白炭的火候，將花生黃豆慢慢地烤吃。

烤好了，縣裡來驗收，撿了幾塊骨殖放到盒子裡。四個知青一人五角三分錢。郭處長的褲子送給了一個放牛的，四個兜的上衣輪流借給各寨子結婚的新郎，鞋子和襪子還有襯衣不知所終。

打賭

孫福從部隊復員回到村裡，正趕上縣裡有知識青年要分配下來。孫福在外面當了三年兵，見過世面，於是被派去掙接待知青的工分。

孫福很老實，老實得在部隊裡連黨也入不上。指導員私下的評語是，向黨交心，不老實不行，太老實也不行，孫福就是太老實，談的那些問題，黨幫不上忙。

孫福說，我想入黨，入黨，就有女人看得上。

孫福回到村裡，支書說，你咋沒入上一個黨？你這幾年是咋混的？就捎回來套綠衫褲？孫福說，可不。

孫福在部隊養豬，養雞，養鴨。孫福養的鴨，從蛋裡出來一直到被戰友吃掉，就沒有鳧過水，因為駐紮的地方沒有水。孫福說，鴨子沒鳧過水，就像男漢沒有過女人。男漢沒有過女人，可想過女人，這鴨沒鳧過水，不知想不想水？

孫福攢了兩個月的水，用一個豬食桶盛著，不讓豬喝，也不讓鴨喝。水很髒，孫福以為鴨不會喜歡，不料鴨很喜歡。鴨子一下就跳到髒水裡，用嘴梳理羽毛，一條脖子好像就是為羽毛生的，上下左右前後，裡裡外外，哪裡都去得到，把個孫福看呆了，鴨子叫了兩聲，倒把孫福嚇了一跳。

孫福說，鴨鳧水，這是本性哩。男漢見了女人，不一定會做那事，鴨見了水，也沒娘教過，就會鳧，鴨比人強。

孫福養的豬是母豬，孫福把牠當老婆待。過春節，要殺豬，孫福很難過，指導員看出來了。指導員說，你養豬倒養出感情來了，可是階級兄弟要過年，豬到底不是階級兄弟嘛，豬就是個豬嘛。

殺豬的時候，指導員讓連長叫孫福出外勤去，給孫福留了肉，孫福沒有吃。

孫福復員回家，沒有找到女人，因為窮。

孫福有復員費，有一套軍裝，沒有道理沒有女人相上。但是孫福養了三年豬，回來能做什麼？孫福沒有入黨，縣裡、公社裡都不會安排他做，吃不上商品糧，孫福就像沒當過兵一樣。村裡的女人早就不嫁村裡的男人了，連在野地裡都不和村裡的男人滾了，好女不嫁山裡人。

孫福心裡都明白，所以這次到縣裡接知青，孫福很高興。插隊落戶，禿子頭上的蚤蝨，明擺是嫁到山裡來嘛。

孫福特地穿了軍裝，忙裡忙外，反倒不太著意女知青，為啥要著意？隨便哪個都可以隨便哪個都行隨便哪個吧。

天氣熱，有兩個女知青穿了裙子。縣裡一個相熟的人跟孫福說，你說，這兩個女娃兒裡頭有不有褲頭？孫福想了想，說，沒有。相熟的人說，我說有。孫福說，沒有。相熟的人說，好，打賭，你輸了你這身軍衣歸我。

女知青在睡午覺，兩個人過去，一掀，有褲頭，孫福輸了。

女知青叫起來，孫福成了流氓。正是知識青年政策最硬的時候，判孫福死刑立即執行。宣判的時候，孫福看到可能成為老婆的女知青都舉著雪白粉嫩的胳膊喊口號，聲討破壞知識青年上山下鄉的壞分子孫福。孫福的弟弟借了七角六付了槍斃孫福的子彈費，收了孫福的屍，七角六還了三年才還清。

四年後，知青們轉回城裡去了。

春夢

顧安直上小學的時候，看上一個叫曉霞的同班女生。男生也是說東道西，只認為女生才嘰嘰喳喳實在是冤枉了男生。安直特別留心聽大家說女生，不管髒話，黑話，好話，風涼話，都很留心，卻不得要領。

畢業的時候，班上的同學互相交換東西，好像本子啦，鉛筆盒啦，書包啦，沒有人特意買來東西交換，買不起，所以就交換畢業以前用過的東西。

安直得到一個鉛筆盒。所有的東西都是混在一起的，大家抓鬮，碰到什麼是什麼。曉霞得到什麼東西安直不知道。

安直拿到這個鉛筆盒，打開一看，裡面還貼著手寫的課程表，語文，算術，邊上寫的是「王曉霞」。安直很高興，找了個機會對曉霞說，嘿，你的鉛筆盒在我這裡。

曉霞臉紅了，沒說什麼。

散了以後，安直正往家走，忽然聽見曉霞在後面叫他，於是回過身子等。曉霞過來說，安直，你能把鉛筆盒還給我嗎？安直說，哪有給了的東西又要回去的。曉霞說，我怕回去我媽罵我。

曉霞說話的時候，手指像餓了的蠶，輕輕抖。安直喜歡曉霞跟自己說話，但是不願意把鉛筆盒給曉霞，就說，那怎麼辦呢？曉霞說，我也不知道。安直想了想，掏出曉霞的鉛筆盒遞過去，回頭就走了。

一路上安直很氣憤，想，曉霞真小氣。又想，她要，我還了，她肯定覺得我好，心裡好像覺得交換了什麼東西。再想想，那麼小氣的人，肯定不會覺得我好。

想來想去，不得要領。上初中的暑假裡，想起來就又想來想去。

安直初二的時候開始遺精，先慌了一陣，好像是打破了一個暖壺，又覺得像買回來一個瓜，好好的，突然不知道為什麼是壞的。後來跟一個同學聊到這黏糊糊的東西，漸漸安靜下來，就好像臭豆腐明明是壞了的豆腐，卻不是壞豆腐。安直帶著拼湊起來的知識一直到高中。

安直開始常常作春夢，對象卻是曉霞，曉霞在安直的第一個春夢裡突然長大了。

安直在夢裡和剛醒來時，說不清感激還是什麼的，可是白天卻想，曉霞那麼小氣，怎麼會夢到她？

安直夢來夢去的，總是不小氣的曉霞。

安直開始注意衣服裡的女生。熱天，有穿裙子的女生坐在街邊，安直經過的時候，總是瞄一眼，有時候能看到內褲。

一九六六年的夏天，安直上了高三。抄家一開始，安直就參加了，和小夥子們忙的昏天黑地，燒東西，清點財物，押送「地富反壞右」及其家屬回原籍。

九月底，有個人到宣武門教堂旁邊的教師進修學院偷集中在那裡的抄家物資，被人發現了。教師進修學院是原來的修道院，那個人從二樓的頂上爬到教堂的頂上，紅衛兵小夥子們追到教堂的頂上，下面有七八千人往上看，瞧出來高高的頂上，有一個紅衛兵是女的。偷東西的人靠在十字架邊上，喊了一句什麼，就跳下來了。

安直正好被派在下面堵人，他聽見那個人喊這個戒指是我奶奶的。安直過去看看地上那個人，用腳把他翻過來。那個人眼睜著，臉砸扁了，好像印在紙上的金剛。

後來輪到安直押兩個人去山西。到了西直門火車站，廣場上密密麻麻蹲了幾千個被專政的人，等著被送回原籍。安直不願意和這些人混在一起，就一直站著，四下看。

看來看去，總覺得有個人臉在躲他，於是就耐心地等那個人。那人一抬臉，是曉霞。

曉霞要被送到哪裡去呢？她旁邊的那個女人是她母親嗎？曉霞就是怕她罵嗎？那個老頭是她爸爸嗎？兩個老人的頭被剃成一道一道的，曉霞穿著舊衣裳，肩是圓的，抱著膝蓋的小臂和手是白的，與安直夢裡的不一樣，卻比夢裡的具體。

安直領著曉霞到車站貨運道上，站著貨車後邊，說，你那個鉛筆盒還在嗎？曉霞不明白是什麼意思，開始抖。安直用手解曉霞褲帶的時候，還摸模糊糊地想，也許可以去聯繫一下，只讓曉霞留下來不回老家。不久他們被發現了。

曉霞後來被打致死，罪名是勾引腐蝕紅衛兵，背完全打爛，被初秋的蒼蠅爬滿。曉霞光著兩條腿上是第一次的血，蒼蠅飛起來的時候，沒有血的地方是安直夢裡的白。

大門

一九六六年八月底，黎利從北京到河南鄭州，下了火車，有幾個人圍上來盯著他胳膊上的「紅衛兵」袖箍瞧。

一個人對黎利說，黎利記得這個人長著張農民的臉，當然後來黎利見的農民多了，才知道中國人差不多都長著農民的臉，那個人說，你是毛主席的紅衛兵？

黎利多少有些得意，說，當然是很嚴肅地說，是的。

那個人說，那好，俺們那兒有個四舊要破，毛主席的紅衛兵你是不是帶個頭？

黎利說，可以，只要是四舊。

另一個人說，他也長著張農民的臉，說，當然是四舊，封建迷信，是個廟。

黎利說，廟當然是四舊，有和尚嗎？

幾個人七嘴八舌說，有和尚有和尚，就是和尚不讓破四舊，禿驢們能得很！

黎利覺得這是一個當然的機會，於是找到同來的兩個同學，議了一下，決定一起去一次。議的時候，一個也從北京下來的紅衛兵聽到了，說願意協同作戰，又去拉來他的兩個同學。

六個人，戴著六個「紅衛兵」的袖箍，在車站門口引人注目，黎利盡量不表現出注意到革命群眾的反應，帶著五個人向那幾個人走去。

那幾個人老老實實地站著，等黎利六個人匯合過來，談了一會兒。革命群眾不斷地圍上來，打聽什麼事什麼事什麼事？是不是有階級敵人地主老財蔣匪特務搞破壞要變天？在哪兒在哪兒在哪兒？

農民們原來趕了一架騾車來，六個紅衛兵坐上去，大騾子的屁股只扭了一下，車就滾動了。革命群眾圍隨著，有的人因為只顧扭頭看紅衛兵，腳下絆個跟頭，爬起來不盯著看，一邊拍打衣服，揚起的土和革命群眾腳下起的土糾集到天上。紅衛兵們咳嗽了。

原來要走六個小時的路。一路上革命群眾聚聚散散，但黎利還是看熟了幾張臉，抵達的時候，總有五六十張臉吧。

原來只有一個小廟，當然是看慣了北京的大廟的錯覺。廟裡有七八間房，一個殿，殿裡坐立著五六個泥胎，殿門還算大。

前後轉過之後，黎利問，和尚呢？農民說，大概是嚇走了，走了好，破吧。

黎利看了看，說，先把菩薩砸了，有沒有鐵傢伙？農民說，沒有，沒帶著。黎利問，木頭棍子呢？農民說，沒有，沒帶著。

黎利一下火了，說，我就不信砸不了。說完就去扳菩薩的手，一下就把泥塑的手扳下來，原來裡面裹著根木棍。大家都照辦，手裡各有了長長短短的木棍，上上下下地打，塵土飛揚。

六個紅衛兵歇了手，站在廟外看，其實也就砸了些細木窗櫺，泥胎堆了一地。黎利想，破這麼個小四舊，還挺不容易的，於是說，我們還要南下，回去了，這是一個樣子，你們在本地繼續破吧，讓毛主席放心，來，我們把這個廟封上，讓它永遠不再害人。

黎利後來一直想不起作封條用的紙和寫字的筆墨是怎麼來的，但他記得他們六個人是當夜走回鄭州的，走了十個小時，上火車到廣州。到了廣州，黎利的手還是痛的，但他沒有對其他的人說。

一年以後，黎利面臨上山下鄉了。當他和幾個無所事事的朋友聊天的時候，大家談起中華民族，當然就談起中華民族的象徵，那條黃河。年輕人火力旺，當夜就到北京站扒車，去看黃河，馬上要插隊了，也許以後就沒有看黃河的機會了。

幾個人在鄭州下了車，繞來繞去到了黃河邊，因為總覺得景觀還不能符合心中之意，於是一路走下去。傍晚的時候，大家決定下堤進村歇一下，第二天早上看黃河日出，日落看到了，很壯麗，是那麼回事。

向遠處村裡走的時候，黎利發現不遠處有個很大的門立在平地上，大家都覺得鄉下獨獨地立著這麼大的一個門很怪。走近了，才發現暮色中大門上有四張風吹日曬的封條。

黎利突然心裡一驚，他覺得這就是那個廟的門。廟已經沒有了，連一塊瓦一根木絲都不見了，只剩下這個門，這個貼了封條的門。封條上又貼了封條，大概是制止類似搶劫的搬運吧？黎利想起了那個完整的廟和破壞的窗櫺，心裡說，怎麼不知道就在黃河邊上呢？當年怎麼走了那麼久才到呢？也許這不是當年砸的那個廟？

黎利堅決提議連夜走回鄭州，說月下的黃河也許另有一番詩意呢。

布鞋

王樹林每年有兩雙鞋，一雙單的，一雙棉的。單鞋從四月穿到十一月，棉鞋從十一月穿到三月。

穿單鞋的日子比較長，所以要很在意。下雨的時候，打赤腳，鞋提在手上，單鞋泡了雨水容易壞。同一雙布鞋，泡過雨水和用水洗，雖然都是水，但結果很不一樣。這其中的道理王樹林不知道，但王樹林知道，最好不要讓雨水把布鞋泡了。

布鞋的做法是將舊布、碎布一層一層用糨糊糊在一塊木板上，放到太陽底下曬。曬乾了，叫布嘎渣兒，揭下來，比照著鞋樣兒剪成一個個布鞋底兒。之後用麻線一針一針將四到五層兒剪好的鞋底兒縫合到一起，成為厚鞋底兒，當然還有包邊兒，墊後跟兒。鞋面則用好的布料來做，當然也有包邊兒，內口黑邊兒，外口白邊兒。

王樹林的奶奶每年要給樹林和樹林的兩個姊姊一共做六雙鞋，三雙單的三雙棉的。女孩子的單布鞋，腳面上還有一個袢兒。其實男孩子常跑跑跳跳，鞋容易掉，鞋面上反而沒有那個袢兒，不知道為什麼。不過女孩子穿帶袢兒的黑面白邊兒的布鞋很好看。

奶奶做鞋先做麻線，兩股細的搓成一股。奶奶將褲腳挽到大腿上，麻線就在大腿上搓，因此奶奶的大腿很光滑，像玉。麻線搓久了，大腿的肉變成粉紅的，有什麼事要站起來，奶奶總是先將褲腳放下，才站起來走開。樹林的大姊後來也幫著奶奶在自己的大腿上搓麻線，有什麼事要站起來，也不放下褲腳，站起來就走開。奶奶會說，褲腳不放下來，像什麼話！王樹林很奇怪，為什麼坐著可以，站起來就不許露腿呢？

奶奶納鞋底兒，先用錐子在鞋底上扎個眼兒，之後用針引線從眼兒裡穿過去，再用錐子把兒繞一兩圈兒穿過去的麻線兒，用力揪一揪。幾雙鞋做下來，奶奶總是說腕子疼膀子疼，十二隻鞋呀。

鞋頭穿出窟窿，就找一塊皮子縫上；鞋底快磨通了，就打上掌。一雙鞋不能輕易就不穿了。常常是姊姊的腳長了，穿不下的鞋就給妹妹穿。兩個姊姊穿不下的鞋，都是剪了袢兒給樹林穿，同學們看出來，就起鬨。

一九六六年八月十七日下午，學校通知全校師生晚上集合去天安門廣場。王樹林回家鬧著要穿新鞋，說晚上有重大活動。樹林的媽媽想了想，就把奶奶剛做好的明年的單布鞋讓樹林穿上。奶奶說，跺跺，看合適不？樹林跺了幾下，說合適合適，就到學校去了。

八月十七日晚，幾十萬人聚集在天安門廣場，分單位坐在地上，不時唱些革命歌曲，不斷有人上臨時搭起的廁所。後來革命群眾乏了睏了，開始臥倒睡去。十八日晨，有些人醒來，開始上廁所，廣場上又開始活動起來，不時唱些革命歌曲。

天亮的時候，眼尖的人發現天安門出現不少人。此時東方有朝霞似血，聲音從金水橋一帶擴散，傳到王樹林面前的是：毛主席在城樓兒上！王樹林馬上回頭將「毛主席在城樓上」往後傳，再回頭望了很久，卻不能辨出毛主席，直到「毛主席穿了綠軍裝」的聲音傳來。上百萬人沸騰，〈東方紅〉音樂大起，「毛主席萬歲」的口號響徹雲霄，消息傳到全世界。

後來上百萬人湧向天安門城樓，之後，上百萬人撤離天安門廣場，沿東西長安街前門大街遊行。天安門廣場遺留下近五萬雙被踩落的鞋子，包括初中一年級學生王樹林明年的新布鞋。

接見

王五豆十二歲那年正趕上一九六六年，初中讀了一年，夏天，複習功課，要期終考試了，北京搞文化大革命了。

簡直就像過節。

先是不上課，滿城亂走。到處是人，一堆一堆的，辯論，看大字報，揪著個人遊行。學校也熱鬧得讓人一宿一宿地不想回家，老師都灰頭土臉的。學生心裡都有一兩個恨著的老師，連校長都低頭了，王五豆看著又高興又害怕。

王五豆突然就明白了毛主席說，你們是早上八九點鐘的太陽，世界是你們的，這句話的意思。

王五豆決定改名，把「五豆」換成「五鬥」。「五鬥」這個名字很有氣氛，同樣的聲音，意思突然變得這麼好，把個五鬥高興得呀。

消息傳來，毛主席要在北京接見紅衛兵。王五鬥他們立刻成立了紅衛兵組織，訂製了紅袖章，戴在胳膊上，連夜向北京趕。

火車上擠得呀簡直是，王五鬥坐在車廂門下的鐵梯子上，用一根繩把自己拴住。車裡是根本擠不進了，鐵梯子上都擠了十幾個人。車一開動，「毛主席萬歲」的口號就喊起來。王五鬥一個十二歲的小孩子，喊得特別好聽。

車剛開的時候，很風涼，景色也好，地裡的人還向王五鬥他們指指點點。王五鬥第一次出遠門，和上萬人搭夥，一點都不害怕。歌子也多，唱了一支又一支，渴了，才發現沒有水喝。

開了一個多種頭，王五鬥覺出厲害了，風很大，而且只從一面來，時間一長，半邊臉漸漸麻了。兩個鐘頭後，用手掐臉，好像在掐棉襖。一隻眼睛避風瞇久了，開始抖，抽筋。

車滿載，大概有命令，所以沿途不停站。車裡的人尿憋急了，廁所裡又擠滿了人，於是就開始從車窗裡往外尿，尿水飄到王五鬥他們的臉上身上，他們都麻得覺不出來。車拐彎的時候，王五鬥看見有白白的屁股半探出車窗外，女的憋急了也顧不得那麼多了。

王五鬥在北京永定門車站下來的時候，一個跟頭栽在月台上，腳麻得都不是自己的了。

天安門廣場在哪兒呢？

紅衛兵接待站的人領他們先歇下，說是明天就能見到毛主席。五鬥他們在一所學校的教室住下，屋子裡鋪滿了草墊子，一躺下去土就起來。

五鬥他們興奮得睡不著，就在學校裡亂走，到處扔的課桌椅，牆上都是大字報，糨糊的酸氣一股一股的。又到街上去看，也是大字報，糨糊的酸氣一股一股的。

再回到學校來，慢慢才發現對面教室裡住的原來是女生，剛開始的時候見她們都剃成禿子，還以為是男生。

天剛剛亮，就集合了。排著隊，走啊走啊，走了快兩個鐘頭吧，到了一條大馬路的邊上，說是就在這裡等毛主席接見。王五鬥他們嚷，這不像天安門廣場啊！帶隊的人說，天安門廣場只能站五十萬人，這裡是大北窯，在北京的東面，一會兒毛主席會經過這裡，和在天安門廣場是一樣的，紅衛兵小將們先原地休息。

排著隊來的紅衛兵越來越多，五鬥他們也就放了心。

廣場上的接見開始了，五鬥他們騰地站起來向前擁，糾察的人就把他們往後推，勸說還早呢還早呢，毛主席來的時候會預先告訴你們的。街兩邊的人好不容易才安靜下來，退回原地，但說什麼也不坐下了。高音喇叭裡傳來廣場上的歡呼聲，雖然混成一片，但大家都聽得出那是在喊「毛主席萬歲」，漸漸的，就變成「毛主席、萬、歲」，一直不停下來。

忽然大家都往前擁，五鬥他們也急忙向前擠，結果又被推回來，勸說還早呢還早呢，毛主席要從天安門上下來，先到北京西邊，一直要到八寶山革命公墓，再返回向東，毛主席坐的是中吉普，快了快了，坐好坐好。

就這樣又炸了幾次營，五鬥他們回回都往前擁，萬一真是毛主席來了呢！不怕一萬，就怕萬一呀。

終於又是一次，五鬥還在往前擠，就聽得殺人也似的「毛主席萬歲」的喊聲炸開來。五鬥感覺不妙，一邊扯開喉嚨叫，一邊沒頭沒腦地又擠又跳，街兩邊的人擁到路中央匯合在一起，毛主席他老人家嗖地一下過去了。

五鬥急得不行，他沒有看到毛主席，於是這一路上的委屈都湧到鼻子眼睛裡，把個十二歲的孩子哭得呀。

山溝

這個人姓鄒，湖南人，鄒在湖南是大姓。鄒沒有名字，不是沒有，而是不知道，因為鄒沒有說過他叫什麼。

鄒在山腳下用鋤頭平出一塊地，蓋了一間草房。說是山腳，卻是在海拔兩千多公尺。

鄒在附近的山坡上開了兩塊地，一塊種苞穀，一塊種些雜七雜八的東西，有一小點蔥，一小點韭菜，常常換種的是茄子，黃瓜。

辣椒是總在種著的，湖南人離不開辣椒。南瓜隨處種著，除了開花時去故意傳一下粉，平時就不管了。要吃南瓜了，到草裡去找，有的像個拳頭，有的卻小磨盤大。沒有找到的南瓜，熟透以後腐爛，五彩斑斕，蠅子伏在上面。

鄒將挖出的南瓜子連瓤拋到草頂上去，草頂上曬的還有切成片的茄子。

苞穀長得很好，鄒在苞穀上用了一些精力。鋤草，間苗。開花的時候，一棵一棵搖一搖，後來每株都結三個到四個苞穀。鄒要到苞穀完全熟透了才將它們收回來，苞穀剛灌漿的時候，鄒也會掰幾個下來，煨在灶裡，過些時候拿出來，叫，伢妹子，伢妹子。

於是有個五六歲的小女孩跑來，齜牙咧嘴地啃苞穀，嚼的時候，將燙包穀在兩隻手上顛來顛去。

伢妹子是鄒的女兒，這間草房裡，住著父女倆人，從來沒有看見過鄒的老婆伢妹子的娘。

每到傍晚，草房頂上就滲出一縷縷的煙，那是鄒在做飯。鄒後來在草頂上開了一個口，自此煙就集中地從那個口裡出來，出來後，慢慢地飄到東，飄到西。

鄒翻過兩座山，請了一個北京知識青年來教伢妹子識字，北京知青教牆上吊刀刀倒吊著，或山羊上山山碰山羊角水牛下水水沒水牛腰，或紅鳳凰粉鳳凰紅粉鳳凰粉紅鳳凰。這些繞口令字簡單好學，卻不好念，伢妹子倒念得連珠脆響。

伢妹子聰明得不得了，北京知青也喜歡得不得了。

鄒在山上挖草藥，嘴裡嘀咕牆上吊刀刀倒吊著，打到鳥或小鼠或其他，就一路走一路叫山羊上山山碰山羊角水牛下水水沒水牛腰。

北京知青對這父女倆感興趣，問他們怎麼會從湖南到雲南來。鄒支支吾吾，攬住伢妹子，摸伢妹子的頭。鄒說，莫要問了吧，莫得名堂。

鄒會些拳腳，湖南人都會些拳腳。鄒要報償北京知青，就教北京知青拳腳。鄒教的都是實在的，要命的，只有一下到兩下，多的是防身技巧。鄒說，花拳繡腿不消得理它，挨幾下也無妨的，近到身旁，一下就夠了，莫要打死，武德。

北京知青學得不錯，鄒說，好，我和伢妹子要轉走了。北京知青問為什麼要走了呢到哪兒去呢？鄒說，講實話，我是家鄉殺地富反壞右逃出來的。殺得太多，渠裡的水都凝了，各鄉還在押來。押我去的人，也姓鄒，半路上放了我，說毛主席的書第一篇就是講湖南，這次湖南的貧下中農要立新功，可是這樣一個殺法，一鋤一個，渠裡的水都凝了，我看天要報應，你帶伢子跑掉，要記得，不要說給哪個。

北京知青後來常常到這條山溝來，在日間頹廢的草房邊上坐一坐，草裡還看得見幾株辣椒，紅紅的，一點一點。知青有時也擺幾下拳腳，想，伢妹子識了有七百多個字，夠用嗎？卻又想，學多少也搞不明白農民怎麼不起義了呢，書上不是寫著隔三差五農民就起義嗎？

數年後，橫斷山脈的這個小山溝裡，偶爾有獵人路過，見到一種很小的果子，黑亮黑亮的，也想不到那竟會是茄子。

成長

王建國生於一九四九年十月一日。

母親生他的時候，發生難產。醫生說，需要產婦的先生簽字，是要孩子，還是要大人。等在產科外面的父親首先糾正說，時代變了，不要叫先生，要叫同志，或者說，孩子的父親。護士說，好，可以叫同志，孩子現在還不知道生不生得出來，所以還不知道可不可以稱父親，現在要你簽字，是保產婦，還是保胎兒？

父親說，兩個人都要。於是剖腹。從肚臍到陰阜豎著剖開，取出嬰兒，縫上刀口，日後母親肚子上留下一條長長的亮疤。

父親晚上獨自回家，長安街上的遊行尚未結束，許多人手上舉著火把，蠟燭，呼著口號，並不整齊地通過天安門的前面。長安街上有重砲車輾出的輪子印。

父親想好了，孩子的名，就叫個建國。

建國長到七歲，上學了。第一天老師點名，叫王建國，站起來兩個，還有一個也就叫建國，但姓李，沒有站起來。學校教導處調整了一下，將名為建國而同姓的學生分到不同的班，於是王建國和李建國還在原來的班。

學校開大會的時候，校長，教導主任點名表揚學生，要很清楚地講明，某年某班的張建國或李建國或趙建國或劉建國或王建國如何如何。

學校裡老師常常議論的是一個學生叫蔣建國，有老師建議家長應該給孩子改一下名字，家長很憤怒，說，姓蔣的就不能叫建國了嗎？老師認為姓蔣的家長沒有體會出問題的實質。

王建國到四年級的時候，老師出了一道作文題：在紅旗下長大。王建國寫了四百多字，老師認為很好，在班上讀了。

五年級的時候，又有一道作文題叫：在紅旗下成長。王建國寫了一千多個字，老師認為很好，在班上讀了，並且推薦給北京市教育局，收進小學生作文選。

考初中的時候，語文試題發下來，王建國打開卷子一看，在五星紅旗下成長。想起老師在考試前教的辦法是先做會做的題，再做要想一下才會做的題，最後做難題，於是提筆開始寫作文，把附在考卷之外的一張白紙也寫了一半。

王建國考上一個很好的中學，當了班長，初二就入了共產主義青年團，做過班上的團支部書記和校團委書記。上到高中一年級的時候，校黨委書記已經和王建國談過話，讓他提前寫入黨申請書。教導處也寫過報告，推薦重點培養王建國為高中畢業後保送蘇聯留學的苗子。

但是一九六六年文化大革命了，那一年所有叫建國的孩子十七歲。

王建國後來上山下鄉，又轉回北京，謀到建築公司的一個工作，捆鋼筋。一九七六年的四五，王建國也寫了一首詩，貼到天安門廣場。還是一九七六年，建築公司到毛主席紀念堂工地，王建國還是捆鋼筋。王建國在頂層捆了四個小時後，尿憋了。建築工的老規矩是就地解決，上上下下幾十米高，是合理的。老工人傳下來的說法是，撒了拉了才結實。王建國問了班長，班長說上頭討論過了，可以，可也別像以前那麼明顯。

王建國找了一處，向下看看天安門廣場，五星紅旗在遠處呼啦啦地飄，毛主席他老人家在更遠的天安門城樓的像上看著他，左邊人民大會堂，右邊中國歷史博物館和中國革命歷史博物館，近處是人民英雄紀念碑，紀念堂比紀念碑高，所以看得見紀念碑真正的頂。

高處有風，王建國解決問題後，抖了一下，兩眼淚水。

輯三

雜色

舊書

吳慶祥十二歲學徒，學的是古書鋪的徒。

古書鋪和骨董店很像，「半年不賣貨，賣貨吃半年」。吳慶祥的說法是，賣貨吃半年的「貨」，說的是大買賣。大買賣當然不好做，可賣個石印帖啦，賣個壽山石料啦，總是有的，進進出出，總是個買賣。

進進出出的，各種人都有。文人居多，背著手，揣著手，上上下下地看，看了半天，轉了半天，出去了。這類是小文人，手頭拮据，可也不能小看，小文人不定什麼時候成了大文人。小文人的時候伺候得好，成了大文人，書鋪的口碑可就出去嘍。

大文人常常留下條子，條子上有要找的書。條子上的書找到了，不一定全找到了，也許先找到一本，就送去，叫人家知道你盡力在找。

送書去的時候，總要捎帶些別的書，捎什麼，揣摩文人的嗜好。有專門好門面的，就捎些門面書，一般也就買下來了，擺在架子上，朋友來了，指給朋友看。

吳慶祥在書鋪熬到能送書到買家去，很不容易。

送書的要懂書。第一得識字，說得出送去的是什麼書，吳慶祥有識字的精明，進了鋪子三年就可以為來買書的人找書了。吳慶祥那時已經變了嗓，也有了身高，一般人還真看不出他才十五歲。

懂書的第二就很難了，版本一項就是個無底洞，各種有關書的花色學問，簡直的是爛棉花套子，不是輕易理得出頭緒的。

吳慶祥在店裡，伺候著來買書的主兒，眼睛睜著，耳朵開著，凡有關書的事，先都強印在腦子裡，手腳還得勤快，書鋪不是學堂，不是來聽說書的，是來給老闆賣書的。

印在腦子裡的東西，慢慢才明白。不明白的，也許要很久，也許突然有個什麼機會，一下子就明白了。明白得越多，也就越容易明白。

吳慶祥有的時候要去海淀的大學送書。騎上店裡的車，路邊都是荒草。吳慶祥最怕冬天去海淀送書，逆風，天黑得快，回來的時候心裡發毛。吳慶祥後來與幾個大文人都很好，當然是因為書的關係。

吳慶祥後來嫖妓。宣武門外的夥計很少有不嫖妓的。離得近，鋪子上板以後，很寂寞，當然要往有人氣兒的地方去。書鋪裡的書很多，再多也不是人。

吳慶祥染上了梅毒，找人治了，治好了。治好了，再去嫖妓。白天伺候著賣書，留心著賣書的學問，送書，天晚了，上板。上完板，朝東蹓躂，找熟的，老價錢的。

北平一九四九年解放，改回原來的名兒，又叫北京。

一九五〇年頭上，吳慶祥自殺。

對於吳慶祥的自殺，相熟的夥計誰也搞不明白為什麼。按說是新社會了，吳慶祥也不是老闆，只是個大夥計，成分不能算壞。有什麼怕的呢？

取締窯子？也不至於，新社會了，到處都是新氣象，希望正大，怎麼一個大男人就尋了短見？

百思不得其解，百思不得其解。店員們凡提起吳慶祥，還是搖頭，百思不得其解。

抻麵

鐵良是滿族人。問他祖上是哪個旗的，他說不知道，管他哪個旗的，還不都是幹活兒吃飯。

鐵良在北京是個小有名氣的人，名氣是抻得一手好麵。鐵良有個要好的弟兄，也是個有名氣的人，名氣是和餡兒。大飯莊，有名的飯莊，凡要蒸包子煮餃子烙餡兒餅，總之凡要用到餡兒的，都是鐵良這個弟兄去和。天還沒亮就起身，和完一個店的再去和另外一個店的，天亮的時候，一天的活兒幹完了。肉，菜，料，和在一起，摻高湯打勻。打勻是個力氣活兒，而且還不能上午打好的餡兒下午變稀湯兒了，其中有分寸。

鐵良呢，專在一家做。麵是隨時有客要吃就得煮的。

鐵良原來有幾股錢在店裡，後來店叫政府公私合營了，鐵良有些不太願意，在公家人面前說了幾句。公家人也是以前常來店裡吃鐵良抻的麵的主兒，勸了鐵良幾句。幾年以後，鐵良知道害怕了，心裡感激著那個公家人。

抻麵最講究的是和麵。和麵先和個大概齊，之後放在案子上沾塊濕布「省」著。後來運動多了，鐵良說，這「反省」就是咱們的省麵（註：今用法為「醒」麵）。省好了麵，願意怎麼揉掐捏拉，隨您便。

省好了的麵，內裡沒有疙瘩。麵粉一摻了水，放不多時就會發酸，所以要下鹼。下了鹼的麵，就可以抻了。

有人用舌頭試鹼放多了還是少了，舔舔，有一股苦甜香，就是合適了。鐵良試鹼不用舌頭，一半兒的原因是抻麵是個露臉的活兒，是公開的，客人看著，當面的。鐵良用鼻子，聞聞，鹼多了，就再放放，「省」鹼。

跑堂的得了客人要的數兒，拉長聲兒喊給鐵良。客人出到街上，靠在鋪面窗口兒看鐵良抻麵，好像是買了一張看戲的站票。

鐵良不含糊，當當一手揪出一拳頭麵，啪，合在一起，搓成粗條兒，掐著兩頭兒，上下一悠，就一個人長了。人伸開胳膊的長度等於這個人的身高。鐵良兩手往當中一合，就是兩股，再抻再合，就是四股，再抻再合，八股，十六股，三十二股，六十四股，一百二十八股。之後掐去兩頭，朝腦後一甩，好像是大閨女的辮子飛落到灶上的鍋裡，客人就笑了，轉身回去店裡座位上。

鍋邊兒的夥計用雙長筷子攪兩下，大笊籬撈出盛到海碗裡，海碗裡有牛骨高湯，入好麵，撒幾片芫荽，蔥絲兒，帶紅根兒的嫩菠菜，滿天星辣椒油花兒，紅，綠，白，啪噠，放在了客人面前。客人挑起一箸子麵，撐開嘴吃，熱氣蒸得額頭有點兒亮。鐵良呢，和街上的熟人聊了有一會兒了。

五〇年代初，鎮壓反革命，押去刑場的時候還許犯人點路邊的館子，吃最後一口人間食。有個老頭子被押在車上，路過鐵良的店，說是去陰間的路上得吃口抻麵。於是押進去，老頭子張口要龍鬚麵，鐵良也不說話，開始抻。

鐵良幾下就抻好了，親自放麵下鍋，霎時撈起，入在湯裡雙手捧了碗放在老頭兒面前。圍觀的人都伸頭去看，說不出話來。老頭兒挑起麵迎光看看，手上的銬嘩啦啦響，吃了一口，說，是這個意思，就招呼上路了。

鐵良後來跟人說，這就是當初借錢給我學手藝的恩人，他就是要我抻頭髮絲兒麵，我也得抻出來。

江湖

孫成久九十多歲了，身子還算硬實。俗話說尿尿尿濕鞋（讀孩），咳嗽屁出來，就是老了。老了，鼻涕多了屜少了。孫成久當然不是說這些徵狀一點沒有，而是腦筋相當清楚。

腦後留辮子，妹子裹了小腳，孫成久都記得很清楚。妹子裹小腳，上茅房不方便，娘攙了去。娘也是小腳，娘兒倆一步一蹭。妹子一步一哭，跟娘說，娘我疼的，疼得喲！妹子張著兩隻胳膊，一步一吸氣。娘說，你不裹日後可怎麼嫁？

孫成久站著看，小小年紀，就知道替妹子疼。至於日後怎麼嫁，孫成久不能懂，總之，纏腳是個必須的事兒吧。就像年三十要守夜，睏得一頭磕到桌子上，還是要守，子時鞭炮一響，響得那叫解恨！

念了兩年私塾，叫先生打，真打，手心腫得亮晶晶的，回來娘給上蠍子油。

娘說，識了字，你日後才有得做，有得吃呀。

日後，孫成久長成個人，求了個遠親，在大鎮上學徒，學的是百貨。因為識字，櫃上當個人看，雖然也是凡百雜務，可是出了徒就做了採買。

賬上的事，是東家家裡的事，採買是店裡的第一等大事。你懷裡揣的是東家的錢，人家的錢怎麼就放心讓你揣著呢？

孫成久走南闖北，窯裡也去，染坊也進，應酬起來，煙榻上也要吸上兩口，酒也得抿上一兩二兩。方言土語，黑白兩道，天有不測風雲，地有江河溝壑，都要懂，都要會，都得照應到。

孫成久有時躺在小客棧，忽然就會看見娘拐著小腳攙著妹子上茅房，妹子的兩隻胳膊一張一張的。

孫成久有空就回家看看娘。娘老得只能在炕上摸來摸去了。孫成久給娘講東西南北各方雜事，娘昏著兩隻眼睛看著孫成久，嘴裡不住地說你看看你看看，常常忽然就流下淚來。孫成久問娘，娘一邊用袖子抹眼，一邊說你看看你看看。

鄰里見孫成久回家，也都來打問訊，說孫家老大是見世面的人。漸漸地婚喪嫁娶也都來請孫成久主一下事，去了，就是很大的面子。有什麼糾紛，有什麼牽動，也都來請孫成久出面給說說。老人們說，孫成久江湖上走，知道應對分寸。

孫成久的妹子也嫁得好，婆家有事，也來請孫成久。妹子先孫成久去世，喪事因為孫成久出了面，辦得很像樣子，妹子婆家倒是老說對不住媳婦他哥。

孫成久九十多了，耳朵還很好。重孫子念台灣香港的武俠小說給祖爺爺聽，念多了，重孫常常說要做個江湖上的英雄。

孫成久手也不抖地喝茶，自己蓋上茶碗的蓋，說，武俠裡有個屁的江湖。早年聽人念說《紅樓夢》，裡面有個鳳姐，就是在個王府裡，倒是懂江湖的，算得上是個江湖英雄吧。江湖是什麼？江湖是人情世故，能應對就不易，更別說什麼懂全了。打？那是土匪。

寵物

金先生有六十多了，就喜歡個動物。解放那年，家裡還養著條狼狗，左鄰右舍早就恨那狼狗嚇人，政府一說要滅狗，街坊們就控告金家的「日本狼狗」。

金先生緊著解釋家裡的這條狗是蒙古狼犬，跟日本不沾邊兒，但蒙古狼犬也是狗，在滅之列，一索子套走，脖子上還繫著金先生摩得油膩柔軟的勒頭。

金先生藏著悲苦好幾年，回回往街門口站，就恍惚覺得狗又來蹭自己的腿，伸手虛摸摸，什麼都沒有啦。

金先生於是養了隻貓，很平常的品種，毛色黃白相間，像虎，可虎是黃條裡有黑道兒。鄰居也有養這樣的貓的，金先生於是很心安。

貓乾淨，自己到外頭土裡拉屎，完了還知道自己用土蓋上。金先生心想，這貓祖宗不知是遭過多大的罪，才這麼一代一代小心著。狗也乾淨，可是耿直，老想打架，像長不大的愣小子，不像貓一有風吹草動就上樹上房了。

貓洗臉，一隻爪子舉著，動臉，舌頭舔來舔去，要是人早一臉唾沫了。貓洗了臉，就定定地看個什麼地方，好像女人洗澡覺得人瞅見了，於是恨恨的，或者呆呆的一臉春想。

金先生常買個魚頭魚肚腸什麼的，放在盤子裡給貓吃，看著貓將頭一抻一抻地吃完。貓吃完了，跳到金先生懷裡舔金先生的手。金先生聞聞手，怪，沒有魚腥味兒。

三年自然災害的時候，金先生實在是拿不出東西給貓吃，急暈了頭，餵了貓一回樹葉兒，貓噁心得在門柱子上蹭嘴。金先生苦笑，唉，貓知道上樹，要吃樹葉兒還用得著我操心嗎？

貓自己跑了。金先生擔了幾天心，後來想，跑了就跑了吧，別讓人吃了就行。貓不仁義，這上頭就不如狗。狗不嫌家貧，兒不嫌母醜。可氣節當不了飯哪，倒是不仁不義興許活得下來。一個畜生，能怎麼著呢？

貓一走，家裡就鬧耗子了。金先生夜裡躺在床上聽耗子叮鈴哐啷地鬧，想，鬧什麼呢？家裡的吃食是人掙來的，人都不夠，你們還搜尋什麼呢？瞎忙。

臘月裡一天，金先生開抽屜找東西，剛拉開，一條大耗子竄出來，翻身逃走了。抽屜裡吱吱叫，一大股鼠臊味兒冒出來，原來大耗子下了一窩小耗子。

小耗子還沒睜眼哪，小爪哆嗦著，燈一照，半透明，像蠟燭頭兒。金先生想，這可怎麼辦，我這兒成產科了。

金先生怕小耗子凍著，就很小心地把小耗子們挪到自己床上靠爐子的一邊兒放好，一回身兒，瞧見大耗子在桌子底下瞪著自己。金先生說，你這個當娘的，怎麼辦呢？

金先生還真不知道怎麼辦。大耗子不走，金先生認為是娘放心不下，就到門外隔著玻璃往自己屋裡瞧。

大耗子躥上床，一隻一隻地把小耗子叼走。小耗子在娘的嘴裡四腳兒亂蹬。金先生在外面嘆氣了，說，連耗子也不信咱們，這人也真做得沒意思了。

金先生進來找耗子洞。找著了，說，這一家老小是守寒窯哪。於是搬箱挪櫃，空開耗子洞的前面，再把爐子擺在耗子洞的附近。

自此金先生在家裡輕手輕腳，像個房客，生怕驚動了洞裡的房東。

每每金先生斜躺在床上，兩手放在腦後，看著耗子洞，琢磨著看不見覺得到的寵物，想，吃不上個什麼，暖和著吧。

冬日的陽光照進來，金先生睡著了，寵物們一隻一隻地出來了。

廁所

北京是皇城，皇城的皇城是紫禁城。說來話近，民國時將宣統逐出後，將這個大院子用作博物院，凡國民都可以去參觀。於是，紫禁城裡就永遠有走著的國民和坐著的國民，坐著的是走累了的國民。只要紫禁城裡不通汽車，大院子裡就永遠有走著的國民和走累了坐著的國民，因為紫禁城大，而且不可能改小。

這個道理，老吳是早就想通了。

老吳想不通的是，老吳當時在珍寶館外的公共廁所外排隊，生理上有點兒急，所以忽然想不通早年皇上太監三宮六院御林軍上朝的文武大臣，這麼多人每天在哪兒上廁所？老吳懷了這個心，專門來了三個禮拜天的故宮，結論是當年沒廁所，因為考察下來，現在的公共廁所，都是將當年的小間屋改建或新建的。

老吳於是很替皇家古人擔憂。

老吳從學術的立場上對吃的問題不操心，但一旦吃了，排泄就是一定的了，這個肯定的問題怎麼找不到肯定的解決空間呢？吃在皇家不成問題，排泄在老吳的心裡倒是個問題了。

老吳於是去找老申。老申八十了，當年在宮裡使過粗使太監，現在孤身一人住在朝陽門內大街。老吳找到老申，請教了，老申細著嗓子說，嗐，用桶，桶底鋪上炒焦了的棗兒，屎砸下去，棗兒輕，會轉圈兒，屎就沉到底下。焦棗兒又香，拉什麼味兒的都能遮住。宮裡單有太監管把桶抬出去。

老吳問抬到哪兒去？老申說抬出宮去。老吳又問抬出宮再抬到哪兒去？老申就支支吾吾，說自己不是幹抬屎專業的。這幾年太監成了國寶，經常上電影，老申回答不了老吳的問題，有點掛不住，就轉了話題透露老吳太監也有性生活的祕密。

回家後，老吳一邊兒感嘆焦棗兒糞桶的實際與氣派，一邊兒到街上公共廁所解決一時之私。

北京人稱公共廁所為官茅房。老吳認為這可能是因為最早的街上廁所是官家修的，所以叫官茅房。但這個「最早」早到什麼時候，老吳還沒考證出來。明清還是民國？也許元大都的時候就有了？總之發明權不在人民政府，要不怎麼不叫人民廁所呢？

公共廁所的八個坑兒蹲了四個，都是熟鄰居，正議論宣武區虎坊橋新蓋了個官茅房，有個小子沒房結婚，連夜把男廁所的坑兒填了當洞房，今兒一早大夥兒一推門，新娘新郎倆口子正度蜜月呢！

正笑著，老吳旁邊兒的人問老吳，你有富餘的紙嗎？

老吳明白旁邊兒這位沒帶擦的紙，就直起腰掏兜兒，一掏，才知道自己也沒帶，就問另外的人，您帶的紙有富餘嗎？

問來問去，原來四個人都沒帶紙，就又聊起來，等等看再有人來的結果。

果然又來了個人，大家不好意思先問，等那個解了褲子蹲下，老吳問您帶的紙有多嗎？我們幾個巧了都忘了帶紙。那人一驚，說，壞了壞了我以為這官茅房裡有人就有紙就進來了。

五個人都不說話，聽隔壁女廁所有人聊天，也是沒辦法。

等了近一個鐘頭，官茅房裡居然再沒有進來人。大家開始怨政府，說官茅房裡應該有紙給大家用嘛。老吳說，自己沒帶就說自己沒帶，政府管天管地還管擦屁股紙？政府還給你們焦棗兒呢！其他四個人看著老吳，不明白「焦棗兒」是什麼意思，也不明白老吳怎麼突然站起來了。

老吳繫好褲子，說，我的晾乾了。

提琴

老侯是手藝人。老侯原來在鄉下學木匠，開始的時候錛檁錛椽子。錛其實是很不容易的活兒。站在原木上，用錛像用鎬，一下一下把木頭錛出形來，弄不好就錛到自己的腳上。老侯一次也沒有錛到自己腳上。

老侯對沒有錛傷自己很得意，說，師傅瞧我還行，就讓我煞大鋸。

煞大鋸其實是很不容易的活兒，先把原木架起來，一個人在上，一個人在下，一下一上地拉一張大鋸。大鋸有齒的一邊是弧形的，鋸齒有大拇指大。幹別的活兒可以喊號子，煞大鋸卻只能咬著牙，一聲不吭，鋸完才算。

老侯的腰力就是這兩樣練出來的。後來老侯學細木工，手下穩，別人都很佩服，其實老侯靠的是腰。

老侯學了細木工，有的時候別人會求他幹一些很奇怪的活兒。老侯記得有人拿來過一只不太大的架子，料子是黃花梨，缺了一個小棖，老侯琢磨著給配上了。

人家來取活兒的時候，老侯問，這是個什麼？來人說，不知道。老侯心裡說，我才不信不知道呢。

不過老侯到底也不知道那個架子是幹什麼的，這件事一直是老侯的一塊心病。

老侯的家在河北，早年間地方上有許多教堂，教堂辦學校，學校上音樂課，用木風琴，彈起來嗚嗚的很好聽。老侯常常要修這木風琴。修好了，神父坐下來彈，老侯就站在旁邊聽。

有一次神父彈著彈著，忽然說，侯木匠，你會不會修另一種琴？老侯問，什麼琴？神父說，提琴。老侯不知道，嘴上說試試吧。神父就把提琴拿來讓老侯試試，是把義大利琴。

老侯把琴拿回家琢磨了很久。粗看這把琴很複雜，到處都是弧，沒有直的地方。看久了，道理卻簡單，就是一個有窟窿的木盒。明白了道理，老侯就做了許多模具，蒸了魚膘膠，把提琴重新黏起來。神父看了修好的琴，很驚奇。神父於是介紹老侯到北京去，因為教會的關係，老侯就經常修些教堂的精細什物，四城的人都叫老侯洋木匠。

老侯因為修過洋樂器，所以漸漸有人來找老侯修各種樂器，老侯都能應付。北京解放了，老侯就做了樂器廠的師傅，專門修洋樂器。

一天有個幹部模樣的拿來一把提琴，請老侯修。老侯一眼就認出是神父那把琴，老侯沒吭聲。老侯知道，跟教會沾關係，是麻煩。因為是修過的東西，所以做起來很快。幹部來取琴的時候，老侯忍不住說，您的這琴是把好琴。幹部說，不是我的，是單位上的。老侯說，就是不太愛惜，公家的東西，好好保護著吧。是把好琴。

一九六六年夏天，到處抄家砸東西，老侯忽然想起那把琴。廠裡不開工，老侯憑記憶尋到那個單位去。

老侯在這個單位裡東瞧瞧，西看看。單位裡人來人往，大字報貼得到處都是，到處都是加了鹼的麵糨糊味兒。老侯後來笑自己，這是幹麼呢？人家單位的東西，自己找個什麼呢？怎麼找得到呢？於是就往外走。

可巧就讓老侯瞧見了那把琴。琴面板已經沒有了，所以像把勺子，一個戴紅袖箍的人也正拿它當勺盛著糨糊刷大字報。

老侯就站在那裡看那個人刷大字報。那人刷完了，換一個地方接著刷，老侯就一直跟著，好像一個關心國家大事的人。

豆腐

孫福九十多歲去世，去世時略有不滿，不過這不滿在孫福的曾孫輩看來是老糊塗了，他老人家要吃豆腐渣。

做豆腐是先將黃豆，大豆，或黑豆磨成漿。你如果說，老孫，這黃豆和大豆不是一種豆子嗎？孫福就先生一下氣，然後不生氣，嘟囔著說：懂個什麼。

豆子磨成漿後，盛在鍋裡摻水煮，之後用布過濾，漏下的汁放在瓦器裡等著點鹵，布裡剩下的就是豆腐渣。

豆渣是白的，放久會發黃，而且發酸變臭，剛濾好時，則有一股子熟豆子的腥香味兒。豆渣沒有人吃，偶有人嚐，說，磨老了，或者，磨嫩了。磨老了，就是磨過頭了，細豆渣漏過布縫兒，混在豆漿裡，這樣子做出的豆腐裡纖維多，不好吃。磨嫩了，就是豆子磨得粗，該成漿的沒成漿，留在豆渣裡，點漿成豆腐，豆腐當然就少。

磨嫩了就需要查查磨。掀開上磨扇，看看是不是磨溝兒磨淺了，或有殘。磨溝兒磨淺了，就要剔溝兒。殘了不好辦，要把磨扇削下去一層，再剔出溝兒來。

做豆腐最難的是點鹵。

人常說，畫龍難點睛。孫福說，那又什麼難？畫壞了，重畫就是了，豆腐點壞了，重來不了，糟蹋一鍋。

點鹵前，豆漿可以喝，做豆腐的師傅常常喝豆漿，卻不一定吃豆腐，道理在豆漿養人。漿點好鹵，凝起來，顫顫的，就是豆腐腦兒。凝起來的豆腐腦兒也在布裡，繫好，放重物壓，水慢慢被擠出布外，布裡就是豆腐了。壓久了，布裡的是豆腐乾兒。

打開布，豆腐還是熱的，用刀劃成一塊一塊。當天賣不了的，放在冷水裡。

孫福學徒做豆腐時，十幾歲，還沒碰過女人。孫福學點鹵，點不好，師傅說，碰過女人沒有？孫福搖搖頭，臉很紅。師傅說，記下，好豆腐就像女人的奶子。

孫福後來討了女人，摸過之後，嘆一口氣，說，豆腐，豆腐。孫福的女人聽了奇怪，說你做豆腐做出病啦！

第一次世界大戰，中國在最後關頭賭博一樣地參戰。孫福當民工，到歐洲打仗去，挖戰壕。不久，被德國兵俘虜了，還是挖戰壕。

一天，中國戰俘被叫在一起，排成一排，命令會做豆腐的站出來。孫福頭皮一陣發麻，以為豆腐是罪過，是死罪，但還是站出去。又命令會木匠的站出來，結果是除了會這兩樣的都趕回去接著挖戰壕。

孫福指揮著幾個德國人做豆腐，給一個在青島住過的軍官吃。沒有幾天，德奧戰敗，孫福又被法國人俘虜了，也沒怎麼樣，接著給在廣州住過的一個軍官做豆腐吃。做了一次，法國人不滿意。孫福想起南方用石膏點豆腐，就換石膏做鹵，法國人說這才是中國豆腐呀。

孫福的曾孫後來怨祖爺爺，為什麼不在外國留下來，要不然現在一家子不都是法國人了？孫福說，幸虧我回來了，要不然你小兔崽子還不是個雜種？孫福想說我是捨不得你那豆腐祖奶奶啊。

孫福當年回來的時候，正是五四運動，孫福不懂，還是做豆腐。後來中學裡的共青團聽說孫福是經過五四的老人，於是來請孫爺爺講五四革命傳統，孫福講來講去，講的是在法國做豆腐。

孫福長壽，活到改革開放，只是一吃豆腐就搖頭點頭，說機器做的豆腐不行，孫媳婦說機器還是由日本引進的哪！孫福用沒牙的嘴說，奶是只有人的手才做得出。沒有人聽懂老頭子在說什麼，家裡人是很久聽不懂老頭子有時候在說什麼了。

家裡人最後一次聽懂孫福說的話是，給我弄口豆腐渣。

寶楞

張寶楞五歲就在鎮上觀賭，津津有味，痴痴呆呆。有個人手氣不好，看見寶楞在旁邊，就火了，說去去去，還沒有褲襠高，在這裡幹什麼！手氣還是不好，這個人就走動走動，看見寶楞還在旁邊，想了想，順手拿塊吃的塞到寶楞的嘴裡。賭輸了的人常常做些反事，為的是換換運氣。

這邊寶楞還沒嚼完，那邊那個人手氣已經轉了，出奇地好，連著兩圈，把把好，兩眼放光，不由得將寶楞拉過來。輸的人不服氣，將寶楞拉開，輸的人手氣翻轉過來，快活的時候，瞥見寶楞立在自己身旁，想，莫非這個小孩子有些神道？賭的人也都覺出些異氣，不由得邊摸牌邊瞄瞄寶楞。此後鎮上就傳出張家小五寶楞是個神道。

近朱者赤。寶楞不到二十歲，已經是個賭手了。寶楞不是賭徒，從來不紅眼，但誰也休想讓寶楞幹一點賭以外的事。寶楞在賭上面，是專業狀態。

寶楞的一天是這樣的：中午起身。所謂起身，是因為寶楞不一定睡在床上，所以不能稱為起床，起身後，不吃飯，只擦擦臉，遊走一下。所謂遊走，是兼帶巡看聚賭的地方，以便確定今天在何處賭。

決定了之後，就落座。賭不多久，吃一點東西。和寶楞賭的人，最怕他這個吃一點東西，因為吃過一點東西之後，天地傾斜，錢開始不斷地往寶楞手下走。

如此一直到傍晚。如果有輸，寶楞就換場子，同時進食。如果不輸，也要進食了。進的什麼食呢？無非油膩，為的是前半夜的體力。手氣好的人，這時都捨不得進食，恐怕手氣轉背。寶楞全不管這些。該幹什麼幹什麼，該賭賭，該吃吃，寶楞在賭上是專業狀態。所謂廢寢忘食，絕不是專業人士所為。按部就班，調節有秩，才能幾十年幹下來，不得職業病，寶楞就是如此。

寶楞與外界的聯繫，就是在進食油膩這個時候，聽聽傳聞。不過一般人都不認為寶楞真的在聽，都以為他心不在焉，將他作賭徒看。

進過食，寶楞再入場，坐在燈下倒是相當莊嚴的。午夜前，寶楞一派成熟，不拘輸贏，處於而立與不惑之間的狀態，贏無喜氣，輸不上臉，進進出出，好像與已無關。這時的寶楞有帝王之相，常常就有旁觀的看呆了。

午夜一到，寶楞又歇手進食，粥麵一類。吃完了，再上手，可就是目光炯炯，虎豹熊狼，吞進吞出，以為寶楞拚了，正想看好戲，寶楞脫手起身，不賭了。剩下的那些賭通宵的，則只有欲望而無氣象了。

之後寶楞不知所終。有人說寶楞回家了，其實寶楞沒有回家，誰家的姑娘要嫁一個賭手呢？有人說他有女人，也許有，但誰也不知道是誰。有人說寶楞其實很慘，無家無業，張氏祠堂都不讓他進，不知道在哪裡貓一夜。真要察訪寶楞去哪裡，應該會有答案的，但是沒人察訪。賭是個無常之事，對寶楞的種種猜測，其實正是這個鎮需要的一種無常，是一種欲望瘙癢。

寶楞總是第二天又出現了。

一九五〇年，政府禁賭。正當鎮上的人抓頭抓臉不知何以自處的時候，不少人想起寶楞有些時日不見了。寶楞這次真的不知所終，只留下鎮上的人議論了很久，寶楞若在的話，該劃為什麼成分呢？貧農？無業遊民？總不會是地主吧？

妻妾

老余是五十多的人了，再有幾年，就到了退休的時限。會計給老余算過，老余自己也清楚，退休後，還可以拿到，拿到八十多塊錢。

八十多塊，夠幹什麼呢？老余說，換季的衣裳少置點兒，人老了，不太要樣兒。肉也不宜多吃，到了膽固醇的年齡了。八十多塊，湊合了。

可是廠裡上點年紀的人說，老余？八十多塊？不夠！

在廠裡幹了幾年的人說，老余八十多塊不夠。

新進廠的人問，老余一人八十多塊還不夠？

答的人很有看不起問的人的意思，說，老余怎麼是一個人呢？老余有一妻一妾。

問的人都一驚。

打光棍的人對老佘有一妻一妾都幻想過。有一妻尚且不易，老佘居然還擁有一妾。種種古典的四字一組的詞兒在心裡很是活躍。

二十幾的人新派，說，嚇！老佘夠性解放的，一玩就是倆。

但每一個新進廠的人都問過同樣的問題。就是。老佘怎麼能有一妻還有一妾呢？法律不是規定一夫一妻嗎？再說，文化大革命破四舊，老佘這樣兒的明擺著的四舊，怎麼沒有人來破呢？紅衛兵都瞎了眼了？

在廠裡經過文化大革命的人很得意，說，紅衛兵也不是神仙，沒人告訴他們，他們怎麼知道哪兒有四舊？法律？沒人告，法院吃飽了撐著自己找官司打呀？

問老佘，老佘說，我也不知道怎麼沒找到我頭上，是命吧。

老佘和他的一妻一妾在北京，是一個最大也是一個最小的漏洞，什麼原因和可能都問過了，只剩下居然兩個字。

任何一個剛聽說老佘有一妻一妾的人，心裡都有個願望，就是，這一妻一妾是怎樣的兩個女人。

都問，漂亮嗎？

漂亮什麼，不漂亮。

年輕吧？

妻比老余大三歲。妾呢，小老余九歲。

年輕的時候兒漂亮吧？

普普通通。

有還不死心的人就跟蹤老余。

老余下了班兒，回家，陪個老太太，屋裡屋外，摸摸弄弄。有的時候兒，老余一個人出來，老太太在門口兒說，我去吧，看你累了一天了。老余說，我去吧。老太太說，既去就買個鴨蛋回來吧。老余說，行。老余走了，老太太就和街坊說些閒話兒。

老余星期六，星期天，到另一個地方，陪個老太太，屋裡屋外，摸摸弄弄。

有的時候兒，老太太一個人往街上走，老余跟出來。老太太說，你歇著吧，挺近的道兒。老余說。我是怕你又買肉，買半棵青口兒菜就得，包素餡兒的吧。老太太去了，老余就和街坊招呼著說話兒。

凡是跟蹤過老余的人，都不跟蹤了。凡是想跟蹤老余的人，一定是剛聽說老余有一妻一妾的人之一。

老余說，別費那個精神了。老輩人父母就怕絕了後，妻不生，傾家蕩薄產，討妾，還不生。她們兩人都說對不住我，相跟著。兩人又不識字，上不了社會，又沒害人的本事，妻不妻妾不妾的，三個人還不是兩個人，相幫著活著唄。

領導上批評有的人不安定團結，強調了中央的政策以後，常常舉例說，你們看看人家老余一家三口子。被批評的人說，八十塊錢三口兒人，不安定團結怎麼活？

大水

各村都有叫石頭的。若說石頭如何如何了，譬如說石頭在集上佔了別人的便宜，別人會問，哪個石頭？

所以要說，譬如說趙村的石頭。若趙村有趙石頭和李石頭兩個石頭，別人問起來，則要說趙石頭或李石頭。

但是，孫莊也會有趙石頭或李石頭，所以，哪個哪個村的哪個哪個石頭，說清楚麻煩，不說清楚也麻煩。

獨有一個石頭，不用說村，不用提姓，大家只叫木石頭。

木不是石頭的姓，是說木石頭木頭木腦的。石屬土，木剋土，木不是石頭的姓，所以倒沒有怎麼受剋。若說受苦，大家都受苦，荒年到鄰縣要飯，都去。都受的，是劫，誰也逃不掉，命好命壞都逃不掉。要飯就要飯，不要嘟嘟囔囔，嘟嘟囔囔，就受專政，判刑，坐牢。縣裡關過十一個石頭。荒年坐牢，百姓不認為是剋，牢裡有飯吃，是福。

秋天，村裡人使狗攆野兔子。野兔子亡命地跑，狗拚命地追。村裡人分派好了，誰誰誰在哪裡哪裡把住，兔子來了就吆喝。人赤手逮不著脫兔，靠個聰明，吆喝得兔子不停地跑，跑久了，兔子心裂而死。

石頭站住了地方，卻見灰褐的一隻兔子顛顛地遠遠衝過來，近了，仰身臥倒，顛顛的。追過來的狗噴著口沫，要在人前面邀功，有模有樣地撲上去，狗還未落地，兔子的後腿嗖地一彈，把個五十多斤的畜生打出五尺遠。狗爬起來，愣愣地看石頭。石頭把狗斥住，兔跑了。村裡人罵石頭木，石頭笑嘻嘻地說，見著好把式，喝采還來不及呢。

春天，墒情好，草刷刷地長。石頭捏著鐮去打豬草，日頭晃晃的就回來了。老婆問，豬草呢？石頭說，草實在長得好，草實在長得好。老婆知道石頭又「犯」了，罵著，奪過鐮自己去了，後半夜才回來。石頭做了飯等老婆回來吃，只是不和老婆說話。

土生金，金生水，可石頭六十多了，不認識五元以上的人民幣，沒見過。無金如何生水？石頭偏偏有水。

一九七二年發大水，淹了京廣線，火車只好慢慢地開，讓車上的人瞧清楚了水裡的脹屍，逆心得過了鄭州還吃不下供應的盒飯。

大水初發時，石頭正在地裡打田埂。

村裡的響器已經敲起來了，大家知道跑不過水，也沒有值錢的東西打整，紛紛找繩線，爬到樹上，將自己與粗幹捆住，免得沖走淹死。有本事的備了鈎叉，高高興興地打算撈浮財，哪裡是金生水，看準了是水生金。

有人望到地裡的石頭，氣得大叫，木石頭，你還不回來把自己捆上，那是你的地嗎？公社的地就算了個球的吧。

石頭用銑撩水抹泥，把個田埂整治得齊齊嶄嶄，直得像縣裡的大旗桿倒在地上，又像正月十五的糖稀，亮晶晶晃眼睛。石頭仔細做完，打著銑跑著回頭看，樹上的人就像公社的高音喇叭，叫成一片。

水過來了，四尺高的浪頭，夾著死人，沒死的人，房椽房檁，窗格子，門窗子，豬，驢，馬，騾，羊，牛，雞，連鴨子、鵝都有死的。漂著的樹上捆著人。活著的鉤叉在劫裡打劫。

木石頭抱住樹，連連說，可惜了，可惜了。

大胃

大胃長得矮，四肢短而且細，但是夠用了，比如，他生氣，就一腳把牛踢得向旁邊走動三至五步。

大胃的活計是放牛。牛一共是七隻，五隻大的，兩隻小的。其中，六隻，也就是四大兩小，是別的隊的放在大胃的隊裡合養，一隻，是大胃隊裡的。

每天，大胃把牛從廄裡驅出，這時一般正是隊長高聲派工的時候。大胃高聲叱罵五頭成年的牛，大胃從來不叱未成年的牛，於是，隊裡一天的活計內容，和聽起來根本就是罵成年人類的內容混在一起，搞得一條山溝裡轟轟烈烈，精神一振：

張某李某……個王八蛋肏出來的死樣……去後溝收拾苞米……再不出來老子

捏稀……孫某……你的卵……再去寨子去借風箱……你兇你兇我看你再兇……其他的人等風箱來了……再兇老子用莧塗你的雞巴……搞場上的包穀……讓你久遠幹不成……就這樣吧……

大胃將牛驅上山，隨他們自己去吃草。大胃一個人攀上爬下，找各種能吃的東西和各種東西裡能吃的部分。

大胃的頭髮是紅的，赭紅，間或有一根半根是血紅的，《水滸》裡赤髮鬼劉唐的赤髮，不是虛構。這樣少見的頭髮卻沒有成為大胃的綽號，反而看不見的胃成了綽號。

大胃每天只吃一頓飯。大胃說，公家給我一天一斤半飯米，三頓吃，一頓只吃得半斤，頓頓吃不飽。老子一天吃一頓，一頓一斤半，吃飽了。

所以大胃每天把牛驅回來，帶回一頓飯的柴火，舀了米，常常猶豫一下，又添上一把，不淘洗，直接倒水上煮。煮的時候，大胃不動，但不是呆，雞來了，豬來了，還離得很遠，大胃把牠們叱得更遠。

大胃一口一口地把飯吃進胃裡，照看一下牛，就準備睡覺了。這時若誰端點什麼吃的來給大胃，大胃就再吃，臉很紅，和頭髮一起，成了個赤頭。沒有人請大胃到家裡去吃飯，因為那樣大家都很尷尬。

但這還不是大胃被綽號為大胃的原因。

有一次在鄉裡，大胃買了二十四碗麵條，正一碗一碗在吃，一個人過來問，你在打賭嗎？

大胃嘴裡都是麵條，嗯嗯著搖頭，那人說，既然不打賭，為什麼吃這麼多麵條？

大胃嚥下麵條，很憤怒，說，這叫多？

那人看著大胃把二十四碗麵條驅進胃裡，說，嚯，汗都不出，還能吃嗎？

大胃說，沒有糧票了。那人抽身出去，少時領來幾個人，掏出糧票，請大胃吃，圍著看。

吃完了，那人說，我是縣裡管糧庫的，今天實在是服氣。我那庫裡戰備糧常有捂了的，這樣吧，你是哪個單位的，我叫縣裡調你到我那裡上班，管你吃夠。

大胃沒有去糧庫。大胃還有人生的另一個非要解決不可的問題，沒有女人要嫁大胃，因此大胃離不開他的母牛。縣裡有不會嫁他的女人，但是沒有母牛。

野豬

野豬是一種兇猛的動物。俄國的貴族不像英國的貴族打狐狸，他們打野豬，以有數枚野豬牙為驕傲。

野豬的牙之所以厲害，是因為野豬的腿。野豬的腿的力量，使野豬的牙能以箭一般的速度挺進。我第一次隨李世保打獵，就碰上一頭野豬。野豬發現有人，就立住不動了。我不知道怎麼辨，看李世保，李世保也不動，面無表情地看四公尺外的野豬。

我想野豬一定看到我們了，起碼聞到我們了，只是因為我們不動，牠才慢慢向一邊走去，停停，又走，之後消失，傳過來枝葉的聲響。

我剛要問，李世保止住我，直到枝葉的聲音完全沒有了，他才出了一口長氣。

李世保是這一帶有名的獵人，槍法很準。我們遇到野豬之前，正往下風頭走。獵人守下風頭，才不會被上風頭的野獸聞到。我問李世保是不是因為還沒到下風頭，所以不開槍？李世保說，幸虧你沒亂動，要不然，今天扛回隊裡的就是你啦。

李世保說，十公尺以內單人碰到野豬，又沒站好地方，開槍就是找死。你就是打中了豬的獠牙也戳你個血窟窿。有一次也是徒然碰到一個傢伙，衝過來，我死命一跳，野豬從腳下竄過去，牙戳在後面的樹根上。牠正在那兒拔牙，我從牠耳朵幹進一槍。野豬見到松樹就蹭，蹭了松油再滾上，日子久了，側面開槍打牠子彈穿不透。你什麼時候聽說過賣野豬皮的。

我趁機講了書上看來的俄國貴族攢野豬牙的事。李世保說，要那個幹嘛？我看他是心動了，瞇了很久的眼。

隊上聽說山上有野豬，就鬧著要打。生產隊上的豬瘦得像狗，眼看過年了，當然是肉多一點是一點。有十來個不要命的爭著要跟李世保去，我也算一個。

為了打到這頭野豬，李世保抽了幾口大煙。獵人抽大煙，野獸會聞著找來，所以山裡有一些小茅草棚子，打獵的抽上幾口，就躲出去等著，但不知道來的會是什麼。也許是豹子，也許是耗子。

這次來的是野豬，看來牠一直在這附近轉。十數桿槍前後放，只有李世保一槍打到野豬的鼻子，牠也就是因為這一槍倒下去的。不過野豬的刀槍不入，著實讓肚子裡沒有油水的人魂飛魄散了好一陣子。野豬在藍色的槍煙裡突來突去，想起來真是恍如鬼魅。

剝野豬的皮的時候，發現牠沒有尾巴，耳朵上缺的形狀，都證明牠就是年初的時候從隊上的豬圈裡逃出去的那隻家豬。當初為了宰掉牠，李世保飛身撲上去，卻只揪住個尾巴。豬掙脫，留了尾巴在李世保手裡。豬耳朵的缺口，是隊上做的標記。春節因此沒有肉吃。

李世保沒有留下獠牙，說，誰願意要誰留著，我要家豬的牙幹什麼。牙當然就被知青拿去冒充貴族了。

褲子

老萬這一輩子穿過不少種褲子。在老萬的嘴裡，沒有「流行」這個詞，他說：「興」。七十年代末，有到大城市上學的學生回到鄉裡，穿著「喇叭口」，頭髮留得很長，黏成一綹一綹的，不洗頭的緣故。老萬在集上看到了，說，呀，又興「倒大」了！

老萬回到村裡，翻箱倒櫃，老萬的老婆死了，所以什麼東西都得自己找。老萬找出一條褲子，土布織造，藍靛染的，有四十多年了，穿上，真的是個「喇叭口」。人越老越矮，所以老萬穿上舊褲子在村裡走，褲腳掃著地。

老萬就穿上「倒大」褲到下一個集上去，人都說，老萬老萬，蹲一個看看。

老萬說，蹲著勒得蛋疼，說起俺們膠東，這「倒大」褲幾十年前興過，海上的洋兵傳下的。論起乾地裡營生，褲腳管一提就到大腿上來，下面大還真是有下面大的方便。如今城裡人又興這，不知道是不是街上老淹著水？

老人們都說，這麼多年，老萬真留得住東西，老萬，你怎麼還留著這褲子？

老萬說，人就靠褲子，你看，這上邊穿來穿去，還是這個樣子，興不出個名堂。興來興去，都是興的褲子。當年這「倒大」褲，因套不了棉褲，廢了，襠小，又改不成個別的，可不就留下來了。老人們在一起從民國初年的馬褲一直說到前幾年還興的軍褲、軍帽。

老萬穿過馬褲，是從個軍官的屍體上剝下來，但是老萬沒有騎過馬，曾經借過驢騎，光著腳。一個路過的敗兵瞧見，老萬因褲不肯脫下來讓給那個兵，被揪下來打了一頓。

老萬前幾年也借穿過軍褲。村裡有個後生復員回來，在河裡凫水，衣褲放在岸灘上，老萬推草車路過，看見了，停下來，脫了自己的衣褲，換上軍褲。後生在河裡見到是長輩，不敢生氣，說，穿這褲子可是挨槍子兒的。老萬在岸邊踱來踱去，蹲了蹲，說，就是輕了些，不著肉。後生說，現在發的是腈綸，打起仗來，一燒一個窟窿，不比早先的是好棉線。老萬脫下軍褲說，這褲不擋寒。

縣裡貸款分配下日本進口的化肥，化肥用到地裡，化肥袋子叫保管員收著。老萬看見了，問，這袋子是啥料？保管員說，是塑料。老萬扯了扯，說，結實，我拿一條。保管員問幹什麼，老萬說，裁條褲子。

老萬把化肥袋子剪成條褲子，穿上在村裡走，屁股上是「尿素」兩個字，褲腳下還看得見株式會社幾個字，白花花的，支稜著。

眨眼間，化肥褲就興起來了。小孩子穿上，村裡人再也不怕孩子們撒野磨壞了褲子。後生穿上，多髒的地裡營生也不怕費褲子，泥乾了自己會掉。冬天套上化肥褲，腿上挺暖和。

婦女不願意穿上化肥褲，因褲迎光一照，下身被描得清清楚楚。夏天穿化肥褲，捂得長痱子。另外，化肥褲染不上色，白花花的，人穿著走，有點家裡死了人的意思。

老萬一輩子穿過不少種褲子，晚年了，沒想到領著興了一回化肥褲，而且有一陣袋子搶手得厲害。老萬成了個人物。老萬吩咐了後事，說，俺走的時候，給俺套個化肥裝裡，俺琢磨了，這化肥袋子比木頭棺材結實，不爛。

掃盲

齊主任不是不識字，而是識過的字差不多忘了。

五十年代頭幾年，興過掃盲運動。齊主任那時候年輕，街坊都是招呼齊大嫂，也就二十多歲吧，頭上別著個束髮的小角梳子，聽著課，拿下來給別人看。教認字的幹部也年輕，也是二十多歲吧，正正經經提醒說，新社會給你們學文化的機會，你們就認真點兒，一天只識這幾個字，也要用心啦。

齊家的媳婦是胡同裡的俏人，場面上輸不得，結過婚的人，嘴裡什麼都敢，就把每天的日課操練出來。幹部靜靜聽了，在小黑板上寫下幾個字，說，教毛主席萬歲你不用心，這幾個字你常常用，認真記下吧。來，跟著我念：剁衣——屄，基衣——雞，剁阿——巴。

認字的笑話傳開了，齊家媳婦回家叫男人收拾了一頓。齊家媳婦倒不記恨教書的幹部，私下很敬服，又喜歡他安安靜靜有本事，打算好好學文化，不料運動一個接著一個就來了，從鎮壓反革命，一路就到了大躍進，大煉鋼鐵，打麻雀，藥老鼠，公共食堂大鍋飯，接著又攆進城的叫化子。齊家媳婦一路趕著要強，慢慢在街道居民委員會負起責任來，成了齊主任。

齊主任每月要收掃街費，領著糧店的人發糧票，發油票，發點心票，發布票。夏天發熏蚊子的藥，冬天到各家登記買煤買劈柴，流行肝炎通知各家各戶買茵陳蒿熬湯藥喝，一天下來，忙忙叨叨，還有家裡的三餐四季衣服。一年一年的，齊家媳婦老了，街坊打架，到居委會，進門就喊，老齊呀，你給評評理兒！

多少年了，沒有閒工夫靜下來再識字。文件精神社論指示，年年有，月月有，天天有，蝨子多了不咬，反正叫識字的人念就是了。街道裡識字的人出身成分不好，老老實實地念。老齊覺得最像個幹部的時候，就是別人念字給她一個人聽。

文化大革命的時候，趕上老齊的更年期，階級鬥爭的弦繃得緊緊的。人心真是隔肚皮，以為是好好的人，給押走了，原來是壞人，暗藏的，新生的。社論早就說了，千百萬個人頭落地。

齊主任什麼都照指示辦，就是不敢逼街道上的孩子們遷戶口上山下鄉。齊主任自己也有孩子。

齊主任覺得一九七六年真是像崩潰完了就是更年期：虧空，主席都死了，不適應，人敢到天安門廣場去鬧事。當然得捕人，結果又平反。

這之後的文件精神社論指示，不大能掌握了。以前瞅著不像好人的好人不像壞人的壞人再也掌握不住了。齊主任不想幹主任的時候，才發現，不幹主任，幹什麼呢？孩子們都成家立業了。

齊主任於是很煩。街坊孫老太太來報告，十一號南屋老李家的三兒媳婦勾著個男的，今天廠休，關著門在屋裡搞腐化。齊主任騰騰騰就去了派出所。

值班的是個年輕的，年輕就年輕吧，齊主任告訴了。

年輕的說，您這麼大歲數兒了，想吃什麼吃點兒，該喝什麼喝點兒。搞腐化，您聽見喘了？您是事主兒嗎？不是，這不結了！事主兒都不來告，礙著您什麼事兒了？告訴您，現在要講法制了。再說了，我坐在這兒，是這麼多錢，我跟了您去，還是這麼多錢，您說，我跟不跟您去？

齊主任，老齊，突然想起了年輕時候掃盲幹部請她念的那些個字。老齊知道，好日子久遠了，要不然真是可以教教這個小警察認認字，瀉瀉火。

結婚

老林，男，福建人，單名「企」。最初，老林介紹自己姓名的時候，大家猜不出「林」後面是個什麼字，《新華字典》一萬一千七百字裡，沒有這個「哥」和「醫」拼在一起的字，「基」？

老林坐下來，拿著筆，先在廢紙的邊上試試，然後在乾淨紙上確定位置，有起有收地寫了一個「企」字，抬頭說，嗯？怎麼會是「基」嘛！

誰也沒有料到這麼嚴肅，都鬆了一口氣，說，哦，企。

老林是右派，一九七九年才平反，從勞改農場放出來。因為之前是學文的，於是分配到單位裡來做文字工作。

單位是區裡很有名的單位，簡稱是，大家都習慣用簡稱，簡稱是廢品站。全稱廢品公司收購站，不常發音，僅供參考、書寫和印刷。例如，大門口的招牌，上級發下來的文件抬頭，一律宋體。

到廢品站工作，第一件事，是職業教育。嚴格區分廢品和垃圾的不同，確立廢品的地位，不要一個國家工作人員，自己看不起自己。廢品是喪失其原始使用功能，但其某些部分，一般地說，仍有其可利用的價值，與垃圾有本質的不同。

老林問，既然手冊裡規定垃圾是完全喪失利用價值，為什麼還有撿垃圾的呢？大家的頂，經這五雷一轟，都說，是呀，為什麼還有撿垃圾的呢？這些日子，中央不是宣傳實踐是檢驗真理的唯一標準嗎？檢驗檢驗，廢品研究所的說法，就不一定對。

老孫不識字，因為是黨員，所以主持各種學習。老孫老實巴交的，總是剛過鐘點，就宣布散會，哪怕重要社論只差一句就念完了。老孫說，大劉，你參加工作十幾年了，你給老林具體說。

大劉把菸叼在嘴角上，誰都不看，嘶嘶地說，我肏他個廢品的媽！我說老林哪，要不你怎麼成了右派呢，看把你獨立思考的。上大學，學什麼？學獨立思考？

老林說，不是呀，我的專業是音韻。

大劉是粗人，肏字當頭，什麼都罵，肏姥姥，肏姥爺，肏舅舅，肏大小姨子，大小舅子。不但肏母系，還肏父系，肏奶奶，肏爺爺，肏爹，肏叔，肏姑，兄弟姊妹，都肏，碰上什麼肏什麼。比如，廢銅爛鐵論斤收買，秤完了，大劉喘著氣，說，我肏它個秤砣的。

老林說，大劉肏得這麼普遍，有深刻的道理。肏母系，是母系社會血統的確認與反確認，肏父系，也是同樣的道理。君臣父子，講的是政治和血統中的次序，大劉說我肏你媽，就是向對方嚴厲確定雙方在血緣上的次序，我是你爸爸嘛。假如在實際中雙方的次序不是這樣，那就是罵。公司廢品科裡只有一個科長，你說我是科長，就好像是罵人，因為實際不是嘛。另外，大劉肏人，主要是表達情緒時，發音的需要，比如重音啦，節奏啦，並不表示實際的動作。

大家認為老林分析得對，都說，怪不得大夥兒累了，悶了，都喊大劉，大劉哇，來，侖一段兒聽聽。

大劉還打人。打老婆，打孩子。孩子大了，打不動了。孩子跟當爹的說，雜誌上有文章寫了，情緒不好，跟性生活欠和諧有關。大劉不承認，卻認為老林頭腦古怪，肯定是文章上寫的道理。

老林有五十了，還沒結婚。誰跟他結呢？一個右派。

大劉為人熱腸子，發動大家找合適的人。馬上就找著了，就在廢品系統。有個女的，也五十了，也是右派平反，也分配到廢品公司，因為劃成右派前是黨員，所以恢復了黨籍，在公司裡搞統計工作。最重要的是，願意和老林談談。大劉很高興，因為是他聯繫的。大劉還從公司打聽來老林劃成右派的原因：老林說毛主席他老人家的詩有不合音韻的地方。

老林也很高興，願意談談。大家都很高興，瞧著兩老單身下班約了出去，都願意這事就成了，又議論女的過了四十五，生育怕是不行了。也好，有個伴兒，有個照應。大劉的話兒：性生活嘛，我侖它個不和諧的媽。

兩個人談了沒幾天，就申請結婚了。大家幫著操持，買床單子，被裡被面子，買枕頭買褥子，買暖水瓶買茶缸子。公司發了床票椅子票大衣櫃票，大家幫著去店裡排隊，挑，幫著用運廢品的車拉回來。房子是借的，大家幫著打掃，幫著布置。

都弄齊了，老林結婚了。大家吃了喜酒，鬆了一口氣，好像自家說不上媳婦的兒子終於成了家。

不到一個星期，老林申請離婚了。老林說，兩個人睡覺，鞋子，枕頭，擺法各不一樣，彆扭。獨身幾十年了，又都不願意改，何必呢？商量了一下，就算了吧，做個分開住的朋友吧。

大劉愣了，之後，脅了一段兒，說，沒瞅見過這麼認真的，要不怎麼他們成了右派呢！兩廢品。

平反

老母姓毌。

單位裡的人，都叫她老母。老毌糾正了幾次，說毌發貫的音。記住的就記住了，沒記住的反而常常遲疑，老老老的半天，問，您那個字兒念什麼來著？她就笑了，說，念貫，貫徹的貫，一貫反黨反人民的貫。嗐，算了，記不住就叫母吧。

於是，老毌在別人的嘴裡就姓了母。

老母在單位裡人緣挺好。

吃午飯了，手上離不開的人說，老母，幫我帶兩饅頭一個一毛五的菜。過半個鐘頭，老母回來了，十個手指頭沒有一個閒著，用腳撥開門。屋裡的人都說，嚯！幫著把菜碗和饅頭接下來。老母甩甩手，說，嚯。

下班兒了，老母常常最後走。離開之前，裡外看看，遺在抽屜外鎖上的鑰匙她給拔下來，收在自己的兜兒裡。第二天上班兒，悄悄跟人家說，下回小心點兒。常有這類事兒，大家都很感激老母，以致大家過於放心，把老母當成了鑰匙。

老母在大學念的是無線電。一個女的會折騰焊錫，烙鐵，會跑電料行挑零件兒，大家心裡都有點兒奇怪。就好像看女子足球，明知道女的也能踢球，就是覺得女的踢球有點兒怪。女的打排球，打手球，打羽毛球，打乒乓球，游泳，跑，都不覺得怪，不知道為什麼。覺得怪是一回事兒，電器壞了，都願意找老母修，還幫著傳名聲兒：我們單位的老母會修無線電，SONY的?沒問題，拿來吧。

老母幫不上忙的是國慶，五一。逢節日，單位放假都要安排值班兒，早先是防階級敵人破壞，後來是防偷盜。過節的意思，就是洗洗衣裳，理理亂，多少週年倒在其次。因此大家都不太願意孤零零的在單位值班兒，於是就輪著來。老母輪不上。

老母是右派。

七九年，有消息了，說中央要給右派平反。大家都替老母高興，都說，這下可就都解決了，挺好的一個人，幹嘛呀，都這麼多年了！

到了有一天，進來一個戴遠視眼鏡兒的，問，哪位姓毌呀？大家停下手上的活兒，說，找錯了吧，我們這兒沒有姓貫的。老母站起來說，我姓毌，大家都叫慣我老母了。戴遠視眼鏡兒的大笑，說，怎麼能念母呢？母是當中兩點，毌是當中一豎。毌丘在古代是複姓，後來分開姓毌姓丘。你們這兒有姓丘的沒有？你們是一家人嘛！老毌，你也是，怎麼能容忍這樣的錯誤呢！我是組織部的，來，我們談個事情。

老母和戴遠視眼鏡兒的進了裡屋。大家都覺得組織部的有學問，明白事兒，於是互相遞著眼神兒，聽著，等著。

裡屋不太隔音。吃飯鈴兒響了，就聽見老母的聲音：我說了，我就是右派，無反可平。右派是一個派，左派也應該是一個派嘛，也許人數上多一點。

老母出來了，一邊兒拿自己的碗，一邊兒問，誰要帶飯？

潔癖

老白個兒不高，也說不上矮。圓乎臉兒，額頭倒是方的。耳朵有肉。看人的時候，眼睛不大，也不小，正好。嘴乾淨得像從來沒吃過飯。

老白很溫和的一個人，和老白接觸不用久，就能知道，老白有潔癖。

老白上大學的時候，一間宿舍住八個學生。七個學生不講究，手巾不擰乾，滴一地水。臉盆像圖表，高高低低結著灰圈子。碗筷永遠是打飯的時候才洗。十四隻襪子，七種味兒。

老白沒法說，跟學校說，走讀。四年，風裡來雨裡去。畢業的時候，同學給老白的贈言是：出污泥而不染。老白說，我是避著才沒染。同學說，是呀，所以才勸你呀。

老白後來當然很難。

單位裡有同事習慣脫了鞋把腳縮在椅子上辦公，思考的時候，慢慢用手指摩挲腳趾，老白就很緊張，因為文件是要傳閱的。

發薪水了，會計科給了一小沓兒人民幣，五張十元的，一張五元的，一張一元的。老白說，請給換一下。出納員說，換？換什麼？十塊五塊一塊，就這三種！老白說，您看這錢又軟又黏，怎麼拿著用啊？出納員說，愛要不要，不要拉倒。

最難熬是上廁所。只是用過的紙堆積成山這一項，就叫老白心驚肉跳。味兒嗆得人流眼淚，老白很奇怪怎麼別人還能蹲著聊天兒，說到高興處，還能抽著氣兒笑。

老白談過戀愛。兩個人到郊外僻靜地方兒找著塊長石頭，老白鋪了大手絹兒，兩人坐下了。談得投機，拉手，擁抱，接吻，女的把舌尖兒頂進來，老白一下就醒了。

大家都說，老白是有病，潔癖。癖，就是改不了的病。

誰也沒想到，無產階級文化大革命把老白的潔癖治好了。不但老白，單位裡好多人的病都好了。都說，光想著可憋死了，活過來一瞧，嚇，病倒都好了。老白變得心很寬，不再計較乾淨不乾淨，徹底溫和了，加上有了點兒歲數，顯得挺福態。

形勢也瞧著要變了，隔一陣就講落實知識分子政策。機關黨委分管人事的書記宣布要家訪，了解知識分子的問題。

書記敲了老白的門，進去，很小的一間，白粉牆，白漆窗框，白桌白櫃白椅子，白床白被白枕頭，高低不平的地都是白的，工具書用白紙包了，只有墨水兒是藍的。

書記啊了一聲，說，聽說你這個家不請人家來，二十多年，我是第一個能進來的吧？哈哈，黨還是關心你們知識分子的。

老白笑笑，讓書記坐了唯一的椅子，自己坐在床邊兒，看著書記，好像不認識。

書記從國內講到國際，又從國際講到國內，說得高興，就把手指頭伸到鼻孔兒裡去挖。挖出來，就很慢地在手指上揉，話題已經轉到當前的四化建設，需要知識分子。知識分子已經定為工人階級的一部分了，是領導階級了嘛，所以要體會國家的難處。

書記忽然停下來。

書記發現老白盯著自己的手，明白了，想藉手勢抹到椅子上，老白緊緊盯著。想擦到鞋底，白白地叫人發怵。虛舉著一隻手，終於，慢慢放回了自己的鼻孔兒裡。

書記很嚴肅地說要走了，站起來，老白趕緊把門拉開。

書記站在門口，問有什麼問題沒有。老白說，沒有。

老白聽見書記大聲地在走廊裡擤鼻涕，用腳擦，就搖搖頭，把床單輕輕扯平，擦擦椅子，坐下來看書了。

大風

老吳最喜歡的一條毛主席語錄是「世界上怕就怕認真二字，共產黨就最講認真」。

老吳想，很對。編了四十年刊物，凡經我手簽發的文章，從來沒有錯漏，靠的就是認真。越是名家，越要小心。運動來了，他們也寫得急，急，就容易有失誤。人沒有不出錯的，名家也是人嘛。

老吳的麻煩是，他把心裡的體會在政治學習會上講出來了。學習會是每個星期都有的，每個人都要發言的。

老孫，幾個月前是編輯，聽了以後，說，你的意思是毛主席也會出錯了？

老吳臉筋跳著，說，我一些些那個樣子的意思也沒有！

老齊，幾個月前也是編輯，點了數下頭，說，深挖下去的話，其實有一層惡毒之處，我們都知道，毛主席是當代最偉大的馬克思列寧主義者，是中國革命的偉大領袖，把毛主席等同我們這樣的人，大家可以想想，是什麼性質的問題！

老齊向來說話慢，老吳很有時間鎮靜下來。

老齊剛說完，老吳就說，你的意思是，敬愛的毛主席他老人家不是人了？

老齊看著老吳，之後，看看老孫，看看其他人，再看著老吳。

老吳一個眼睛是驚嘆號，一個眼睛是不用回答的疑問號。

大家都看著進駐雜誌社的中國人民解放軍宣傳毛澤東思想工作隊，簡稱軍宣隊的班長大李。

大李捲了一支錐形的菸，叼在嘴上，劃著火柴，擠起左眼點好，把桌上的帽子甩到後腦勺，話和煙糾纏著出來。

要叫俺說？好，俺說。俺會種地，會打槍，你們哪個會？要不是個文化大革命，俺不會到這個城裡，也不會拉扯著你們學習毛澤東思想。學習毛澤東思想就學習毛澤東思想，哪個叫你們仿老婆子拌嘴？尋思俺看不出來呢！罵人不帶屌，殺人不用刀，說你們是臭老九，俺尋思了，不屈枉。簡簡單單一條兒語錄兒，嚇唬來嚇唬去，烏龜咬住王八的球，哪個咬到哪個來？要叫俺說，禿子頭上走蝨蟲，明擺著的三個字，共產黨，共產黨講究個認真。你們，都算上，哪個是共產黨？

是的沒有說是，不是的沒有說不是，都看著大李。

之後，回去打點行李，下五七幹部學校。

幹校除了勞動，學習，開批判會，當然還要吃飯。吃了飯，當然還要拉屎。幹校七百人，每天下來，三個茅房的坑，當然都是滿的。滿了當然掏出去，好能再拉。

糞不難掏，用長把勺舀到大桶裡，把桶挑出去，倒在場上，晾乾就是了。難的是防豬吃和狗吃。

豬和狗，都有背景，不是好惹的。豬是貧下中農的豬，狗呢，也是貧下中農的狗。打狗須看主人，轟豬呢，自然也須看主人。

狗改不了吃屎，批判稿上常用來形容除無產階級以外的階級的本性的俗語，卻是一件需要認真的事。

老齊被分配去看豬和狗。老齊看稿子很快，會認很潦草的字。於是，不是屎被豬和狗吃了，就是豬和狗叫老齊打了。批評會上，老齊的罪，最輕的是，不認真。老孫發了言，老吳也發了言，大家都發言了。

老孫連夜寫了檢討。以後不斷地寫檢討，因為狗改不了吃屎。

糞倒在場上，晾一兩天，就成了糞乾。糞乾需要人大致搗碎，之後揚到地裡去。莊稼一枝花，全靠糞當家。不讓老齊看豬和狗了。老齊，老吳和老孫，都去搗糞乾。

老孫搗得很認真，居然在幹校的大喇叭裡被表揚了一句。

老吳和老齊，決心更認真。先用石頭把糞乾砸裂，再砸，糞乾成了小塊。再砸，糞乾有黑變赭。再砸，有赭變黃，變金黃，變象牙白，呈短纖維狀，輕輕的，軟軟的，有一股子熱烘烘的乾草香氣，像肉鬆。

起風了，突然間就很大。

糞都在天上。

老吳，老齊，豬，狗，都望著天上。他們覺得，好久沒有抬頭看過什麼了。

蛋白

詹達因為個子高，與他相熟的人都叫他詹大。

詹大有一次在街上，遠遠見到許多人圍著，就走過去站在外面看。原來是有個人在賣老鼠藥。後面的人擠不進去，紛紛問詹大，那大個兒，裡頭幹什麼哪？詹大個子高，看得見，就一五一十地說，還加上自己的批和評。站在裡面的人於是紛紛伸脖子看外面的詹大。賣藥的扔了死老鼠，說，是我賣藥呢，還是這位大兄弟您賣藥呢？

詹大其實並不愛在街上閒逛。相熟的人在街上見到詹大東瞧西看，都會招呼著問，小丁子這回穩的，怎麼樣，清華還是北大？

小丁子是詹大的兒子，今年考大學。

詹大把手捏得喀吧喀吧響，說，一說外國，你們就知道個美國，一說大學，你們就知道清華北大，你們這心胸夠窄的。聽說過師大沒有？聽說過援庵先生沒有，就是陳垣？我們校長呀！我讀歷史，陳先生的系主任。當年我大小也是個高材生，隔三差五就有觀點。陳先生把我叫去了，說，什麼什麼書讀了沒有？我說馬上就讀完了。陳先生說，什麼叫馬上？我說就是還差一頁，陳先生說，那怎麼已經出來觀點了呢？告訴你們，師大的學生，不比清華北大差，就是因為家裡有點兒問題，出身不好什麼的，才叫師大收容了。

大家說，那小丁子一定是報考師大了？詹大說，沒有，我讓他報的北大。

詹大在街上逛得差不多了，瞧瞧腕子上的錶，慢慢地往家裡走。

詹大的家是很標準的小，因為詹大個子大，所以顯得不是很標準。詹大一直沒分到房，理由很簡單，就是領導認為詹大的房並不小，只是因為詹大大。按人均面積，詹大和別人一樣，都是二點六六六平方米。

家裡的作息，也和別人一樣，兒女佔了桌子做功課，父母就在附近的街上慢慢地走。外國記者報導說，中國，是一個節奏很慢的國家。詹大讀到了，對同事說，可能譯錯了，節奏怎麼有快慢？速度才分快慢。要慢，快了，就像喪家犬了。慢走，能替國家遮醜兒。

詹大懂營養。用腦子，消耗高蛋白。缺蛋白質，有很多症狀。兒子晚上睡覺腳抽筋兒，隔著布帘兒，詹大說，植物蛋白吃得再多，還是差點兒勁兒，小丁子，站起來到外頭走走，躺著不行，躺著肌肉鬆弛，一抽筋兒，相對的肌肉不易產生校正的力量，就抽得特別厲害。起來，跺腳，使勁跺。小丁子，別哭，爸明天給你弄點兒動物蛋白。

詹大算計來算計去，還是沒有力量投資動物蛋白。詹大於是早早起來，去買肉皮。走了幾個鋪子，相熟的售貨員說，詹大呀，死人有皮，死豬沒皮。詹大問，皮呢？售貨員說，皮？皮出國了，賺外匯。有的時候有，今兒的早叫人買走了。詹大笑了，說，嚇，敢情不只我一個人懂蛋白。

發榜了，詹大在門口接到寄來的通知單，拆開，詹大眉頭擰到一塊兒。

小丁子回來，詹大問，你，你自己報了師大？兒子說，是呀。

詹大把手捏得喀吧喀吧響，說，你瞅著你爸當個教書的挺體面是不是？兒子說，師範管吃管住，四年不用家裡出錢，你在家也能躺直了，我不報師大，瞎了眼報北大？

詹大說，好吧，為了慶祝四年的福利，爸豁出去請你一回。你說吧，吃什麼。兒子說，雞。詹大說，好，雞就雞。

詹大買了一隻雞，提在手上晃著走，對每個人說師大，相熟的人說，詹大，可瞧見你買動物蛋白了，補補身子吧，要不，怎麼看都是雞比你大。

西裝

老李是苦讀出身。

苦讀，先是因為家貧。

老李三歲喪父。母親在鎮上街邊為人縫窮，日頭底下做一天，穿針引線，三十歲眼就花了，回得家來，煮菜放油，為了節省，總要倒上半天。老李小小年紀，早早就會替母親倒油了。

母親只盼老李上學，將來能掙大錢。老李也以為讀出書來可掙大錢供奉母親，因此苦讀。

老李小學就讀得極好，到了初中，班上有同學，亦是用功的，把眼睛讀壞了，配了眼鏡，價錢嚇了老李一跳，要十五塊人民幣。

老李不敢再在街燈底下做功課，母子二人為此焦慮了許久，老李甚至想到屋頂上去讀書，因為那裡離街燈比街面上近。

老李算了一筆帳，若每天晚上家裡開燈，每月的電錢，整個初中念下來，大大多於十五塊人民幣。於是，老李赴湯蹈火，繼續在街燈下讀書。

高中畢業，老李的眼睛居然沒有近視，同學都認為是奇蹟。

老李知道，自己是看一段書，就閉上眼睛，努力在腦子裡再看到那段書。思考的時候，眼睛不盯在書上，或閉眼，或看遠處。老李說，書上到處都寫著：十五塊錢，十五塊錢，十五塊錢，哪裡還敢多看？

學業優良，老李被報送上大學。老李挑了師範大學，免學費，還有補助。

但老李的記憶能力很快就驚動了高等教育界。教授們，醫生們，各級領導們，都驚動了，開了一些觀察會，討論會，匯報會，在是不是因為是制度的原因而產生的奇異的能力這個原則問題上爭論了很久，決議是，讓老李轉校轉系轉專業，讀版本。

讀什麼，老李無可無不可，只要衣食有著落，可供養老母。

老李被分配到圖書館的時候，對版本的鑑別，幾乎到了特異功能的地步。

老李不用看內容，只遠瞄一下，即可說出某朝某人某刻，現藏何處，各刻本的異同缺失錯漏。為此，老李專門被美國華盛頓國會圖書館請去解決一些關鍵的小問題。

出國第一件事，是置裝，老李的說法是，做西裝。

老李被人上下摸索，量了尺寸。取活的時候，胳膊套不進袖子，裁縫師傅說，先套一隻胳膊，不要完全套好，另一隻胳膊往後找，摸到領子，好，往下伸進去，兩隻胳膊把衣裳挑起來，釦子不要繫，這釦子是聾子的耳朵，擺設。非要繫，只能繫一個，上面這個。繫倆你可就土了。

老李回家，穿給母親看，母親說好看。

老李發現這西裝非常不適合圖書館工作人員，取架子上稍微高一點的書，兩條胳膊就不好抬，雖然是公家出的置裝費，撕扯壞了到底是糟蹋東西。上飛機後，老李覺得天底下最叫他用心的，就是身上這張皮，不敢蹲。不敢隨便坐在哪兒。一天下來，老李被衣服累得立刻就睡著了。

回國到家，母親說，天眼瞅著就冷了，這洋人的衣服瞧著不像能套棉襖，西裝外面套襖，就得給你新做襖了。老李說，家裡這些衣裳，沒有一件能配這張緊身皮的，賣了吧，也算我學的這門還能掙錢。

定論

老賈年輕的時候腦筋很好使，教授說他書底子厚，又明理路，前途，當然是指學術，前途隨便怎樣估，都是無限量的。老賈的一個學長，也是教授的得意門生，後來做了國民黨的大幹部，人家問起的時候，教授沉吟著說，人求學術，學術不求人。聽的人倒不太明白是什麼意思。

老賈有一點輸不起的脾氣，辯論什麼問題，辯贏了，當然就是贏了；辯輸了，則翻箱倒櫃，查典尋據，一定再辯。有時候辯到教授面前去，教授細細聽了，說，我的結論是，繼續辯下去，贏了，未必就是贏，學術上，沒有絕對的對錯，也許有，但我不知道。

老賈對教授漸漸有些不滿意，竟至有些苦悶。

老賈有個同學於是常常來疏導他，辦法簡單而有效，就是在絕對的崇拜的基礎上，順便暗示一條絕對正確的路。

老賈後來參加了革命，而且在革命隊伍中的地位漸漸很高，常做報告，有知識，會發揮。樸素的革命道理如果有學術的論證，再富想像力，報告會是一定有熱烈的掌聲的。老賈倒並不看重女同志們低頭不停地抄筆記，他認為那起碼是記憶力不佳，離融會貫通就更遠了。

老賈漸漸體會到，哲學的貧困導致貧困的哲學，同理，哲學的正確導致正確的哲學，因此，前提的正確，導致幾乎是所有的正確。老賈很滿意壯碩之年身處前提正確的時代，好極了，非常好。

尤其好的是，感覺好，一種所向披靡的感覺。回想起舊社會大學年代的辯論，真是幼稚，不成熟，沒有飽滿的感覺。如果沒有絕對的對，是要滑向悲觀主義的，真可怕。老賈有時候甚至不容忍自己回憶這些。老賈很贊同解放後的批判運動。

老賈支持批判蔡元培，尤其是蔡元培當年主持北大時的組織方針。

老賈對批判胡適、俞平伯不太感興趣。老賈根本就蔑視這種人，因此，文章寫得很快，洋洋灑灑，隨便就有讓人擊節的段落。下級有時很恰當地當面讚嘆，老賈不說話，只仰靠著思想，輕輕地搖頭。老賈沒有寫過批判蔡元培的文章，老賈自己也覺得奇怪，但很著意批判蔡元培的文章，生怕別人寫得不好。

老賈在一個大場合碰到過教授。教授老了，很慢的嚼菜，不說話，後來說話了，是問會議的服務員可否帶一些剩菜回去。

老賈並沒有在無產階級文化大革命時死去，雖然他是當權派的權威，皮肉之苦當然受過，要不怎麼叫無產階級文化大革命呢？老賈很清楚別人當時為什麼打他，也因此想了很多，所以老賈恢復原職到辦公室的時候，對祕書很和氣。

祕書說，後天有個國際學術討論會需要您主持，材料已經準備好了。

老賈問，討論的問題有定論了沒有？

祕書說，還沒有。因為問題涉及的面很廣，先進國家已經討論十幾年了。

老賈說，所以我們應當虛心一些，注意收集國內外的不同意見。這樣吧，你明天拿出一個大綱來，搞出個定論，不必詳細，我在會上發揮一下。不管什麼問題，先進與否，十幾年也應當有定論了。

仇恨

老張和老李是很多年的朋友，這個很多年，有的人說，當然是從小就是朋友的意思。

老張不同意。

老張說，我和老李，小的時候不認識，他在福建，我在山西，我們大學才在一個班。

老李說，我和老張都喜歡文學，我們常常在一起談談文學。我的家境好一些，有的時候，就我掏錢，到外頭吃個小館子，叫個下酒的碟子，煮花生，煮毛豆，要不就來個——

老張說，要不就來個酸辣條。別看老李是福建人，他挺喜歡酸的，是不是，老李？

老李說，是這樣的。好像就是從那個時候開始喜歡酸的東西。我覺得酸的東西很適合談文學。文學這個東西很難談，吃了酸的東西會有很多口水，不說話不行的，一定要說話。酒，無非是讓你大膽地說話罷了。

老張說，奇怪，我怎麼不知道你是這樣的？

老李說，因為我沒說嘛。

老張說，我們是很多年的朋友，看來你有些話沒有對我說過？

老李說，是呀。

老張說，這是朋友嗎？朋友就應該無話不談，要不然怎麼叫朋友呢！老李，我們這麼多年了，看來你有點不太夠朋友。

老李說，朋友應該是有的可談的意思。我們不是很有的可談嗎？談了這麼多年。朋友之間不應該有壓力，你不要給我壓力。

老張說，真是的，這麼多年！好吧，你告訴我，什麼是你不能談的，什麼是你能談的。做你的朋友，我的心裡也得有個數。

老李說，兩難，這是一個兩難的問題。我們談過兩難的問題。你叫我說我不說的。你還記得一幫一、一對紅的談心運動嗎？

老張說，扯不到一塊兒去。

老李說，對運動的態度就是對革命的態度，革命，成了道德壓力。朋友的壓力，也是這樣。

老張說，你要不說這個，我心裡還沒有疙瘩。你說了，我心裡就老翻騰了。你想想，這麼多年了，真是記不清說了多少話了，結果你今天跟我說，你有話沒跟我說。你說，這話傳出去，我這臉往哪兒擱？人家說了，老張老李是不說心裡話的朋友。

老李說，真是那樣重要嗎？

老張說，你這話就不像是朋友說的話。這樣吧，就算我問了個兩難的問題，讓你說你不說的。好，不談這個。今天，我們在這兒，談清楚，你認為咱們是不是朋友？

老李說，是，是朋友，是有很多話可談的朋友。

老張說，即是很多話可談的朋友，看在我們是朋友的面子上，你說，你對我這個人怎麼看？

老李說，這麼多年來，我恨你。可這跟你沒關係，我恨你是我自己的事。歌德說，咱們談過歌德不是？歌德說，假如我愛你，跟你有什麼關係？

觀察

老張腎氣足，頭髮旺，而且黑，沒有一點兒該退休的模樣兒，可是退休了。年齡在那兒擺著，文件又是三令五申。

單位裡的同志都捨不得老張走，歡送會開得熱裡透涼，倒是老張安慰同志們。

老張說，哪有不散的席？我不是說黨的事業是席，我是說，大家工作一場，總有先離開的。我這先走一步不是說我先死個球，你們繼續為黨工作的，真未必有我活得長。我不是說我就不為黨繼續工作了，我還可以繼續為黨工作嘛。前些日子不是有個研究所找我，讓我寫點心理學的東西。我說給他們了，我是不懂你們那套佛樂得，叫什麼？伏了依得？伏了作揖吧！我說了，人心都是肉長的，天下一個理兒。你要想人伏了你，你就想想人這一身肉是怎麼長的。臨別嘛，說點實在的留給大家夥兒。往後有什麼燙手的活兒，告訴給我，我不是說你們不如我，我驕傲，不是那個意思。我到底幹了快五十年了。

老張退休了，不會提筆，不會架鳥兒，街上下棋打牌，只能伸脖子看看，不懂。

老張不去氣功班。老張說，我一個腎頂他們兩丹田。

老張於是常常在家待著，看看東牆，看看西牆，看看西牆，看看東牆。

老張當然也看兒子，用上班兒時的術語，叫觀察。

老張沒退休之前常上夜班兒，和家裡人是陰錯陽差。幾十年下來，很不容易，兒子生得晚，關心不夠，退休了，有時間關心了。

老張很快就觀察出來，兒子手淫。

老張找了個空兒，跟兒子說，打手銃了吧？沒什麼臉紅的，爺兒們哪有不打手銃的？明擺著銃老得有活兒。活兒自己做了，比街上犯罪強。你要是犯下罪，你爸這臉可就不太好擱了。老大不小了，雖說黨的政策是晚婚，你也在婚姻法許可之內了，瞅著合適的，就結了。說來又是老話兒了，打銃走腎，腎氣接不上，乏了，革命工作可就有心無力，有力無心了。是不是這麼個理兒？有爸說的這個體會不？爸是為你好，怕你走了腎心裡還揣塊石頭。爸就你這麼個兒子，打打銃沒什麼，可別當了長久之計。

老張知道，天大的事兒，說了，八成兒就好了。老張一輩子就恨有什麼事兒窩著不說，不利人，不利己，簡單的搞成複雜的。

單位上來人了，問問老張的日常。老張沏了茶，說，挺好，謝謝組織上和大家夥兒惦記著。

來人說，老張啊，有個事兒，想聽聽您的經驗。

老張說，只要是業務上的，我熟，只管問。

來人說，這幾天所裡押來個犯人，政治方面兒的。上頭很關心這件案子，有點兒急，我們也有點兒急。

老張笑了，說，知識分子，不供是不是？

來人說，聽聽您的經驗。

老張說，觀察，觀察到他打銃的規律。

來人問，什麼是打銃？

老張說，我看你真是個知識分子，打銃就是自己玩兒自己，春三秋四冬滿把，熱天兒就用倆。人心都是肉長的，圈起來沒有不打銃的。一打銃，就能制，打完銃，萬念俱灰，胸無鬥志，馬上提審，情況就不一樣了。要不就點明給他，知識分子臉皮兒薄，威風滅了，就好說了。打讀書人是下策，精神氣兒，越打越得意。也有不經打的，得觀察。

色相

老關剛來的時候，挺好的一個人，什麼事情，總是不聲不響地做。

漸漸的，大家對老關就有看法了。比如早上上班後。

單位裡上班都一件事，就是打開水。一個辦公室，有兩個暖壺，人多的，有三個，四個的很少。到鍋爐房裡用開水將暖壺灌滿，提回來，大家都泡好茶，就開始聊天。昨天的風，今天的雨，明天的持續高溫，中央的頭疼腦熱，地方的流行病。之後，開始分專業聊，好體育的聊昨天的實況轉播，好吃的聊飯館兒，好奇的聊特異功能。老關呢，總是替大家把開水打了來，這大家都沒意見。辦公室的人啜過了一遍茶之後，老關又去鍋爐房把開水打了來，大家更沒意見。

意見是，老關從來不參加聊天，照黨員的說法是，老關不聯繫群眾。

老關剛來的時候，大家倒不覺得什麼，人生疏嘛。可是也沒有生疏這麼長時間的。半年了，還是不和大家聊天。而且老關的不聊天，不像是性格的關係。有時候大家聊天碰到專業方面的詞，不懂，問到老關，老關差不多都能說出個子丑寅卯，態度認真隨和。大家以為就聊起來了，不，老關說完了，就完了。

老關不參加聊天，如果是幹正事，大家覺得倒也沒什麼。問題是老關想辦法要幹的，也不是什麼正經事。

比如有個單位說是業務需要，招選女模特兒，上級特准穿泳裝面試。這個單位正好和老關的辦公室有點關係，於是，老關騎上自行車趕去了。試了三次，老關去了三次。複試一次，老關也去了。後來評選委員會向領導匯報表演了一場，老關又去了。大家也不是不想去，可像這樣的去法，就都有點不以為然。

又比如單位裡出差。出差本來是個人人想去的事。可是後來各地物價漲了，出差補助沒漲，就不太有人願意去。錢就受不了，廣州一碗湯麵兩塊錢，回來還養不養家了？老關是凡有出差，必要去。自己買一提包方便麵，帶個保溫杯，一趟差出回來，下巴都尖了，只有兩個眼睛骨碌骨碌轉。問他去得怎麼樣，他說，很好，看到不少東西。但也不說看到什麼了，只說看到不少東西。

慢慢大家就知道老闞愛看東西，特點是什麼都看。

老鴰在樹上壘個窩，下了小老鴰，老闞張了個嘴在樹下看半天。

要下雨了，老闞看黑雲彩，等著看打閃。雨住了，看虹。沒有虹，看街上的髒水。

有展覽了，服裝展覽，國外衛生設備展，畫展，農具展，攝影展，新發明展，廢物利用展，兒童用具展，恐龍化石展，出土文物展，收集文物展，都看，沒有老闞不看的。

雜誌每期老闞都看，每種都看，不看文字，光看圖。彩色的，黑白的，翻來翻去。

有一天，有人喊說天上有個不明飛行物。正是UFO熱的時候，大家都擠到外頭看。天上有個小亮點，看不出是什麼。後來廣播說了，是氣象氣球，大家才掃興回來。老闞呢，居然跑到街上買了個兒童望遠鏡，一個人站在院子裡對著天看，看了很久。大家都在辦公室裡看著他，說，老關怕是精神上有點兒毛病，得注意了。

老關終於不看了，回到辦公室來。大家問他，廣播都說了，是氣球，你還看什麼呢？

老關說，很高，很高，這樣高的氣球沒有看到過。

大家說，老關，你也是有年紀的人了，文化挺高，沒事兒和大家聊聊，別什麼都傻看。

老關看看大家，說，諸位是什麼都說什麼都打聽的人，那我的事情大家肯定都知道。

大家都沒說話，都在心裡說，哪能在人家面前提人家的那種事呢！你不是在文化革命的時候，為了一句話蹲了七年大獄嗎？怕你傷心，你倒自己說。

老關使勁擠了擠眼睛，說，我差點瞎了我就對自己說如果能眼睛好著出去就抓緊時間看東西再被抓起來我已經盡我的能力看了很多東西。

大家都說，老關老關你看你看，怎麼可能呢！

老關走過去搖搖暖壺，之後一手提一個往外走，說，怎麼不可能呢？

白紙

一九六六年七月底，孫仁之接到一封信，信上寫，「孫仁之同志收」，收信地址是對的，寄信方面只有兩個字，「本市」。

孫仁之從傳達室拿了信，本來想拆開看，但是碰上一個人，聊了聊，又看了一會兒吵架，回到辦公室，才想起兜兒裡的信，於是先沏了茶，喝了一口，發現報上有條消息挺有意思，慢慢看完，才拿了剪刀拆信。孫仁之活到一九六六年，並沒有什麼複雜的經歷，連情人也沒有過，偶然看驚險情節的電影，例如美蔣特務把定時炸彈撥在國慶節上午十點整，銀幕上公安人員滿臉是汗，音樂的不諧和音強到不能再強，終於沒有爆炸，孫仁之也會舒出一口氣。從電影院出來，孫仁之總是到小飯館兒吃點東西，看看來來去去的人，就回家了。

孫仁之沒有拆開信前先對光看看信紙的位置的習慣，因此剪壞過一兩封信，也無所謂，字可以讀，而且孫仁之不留信，所以剪壞了就剪壞了。

孫仁之剪開信封，抽出信紙，打開，是一張白紙，翻過來，也沒有字，斜起眉毛想了一想，就把信紙放回信封，把信封丟到廢紙簍裡，接著再看報上的其他消息。孫仁之沒有將事情奇怪到半分鐘以上的習慣。

下班了，孫仁之回家去，吃了一盤菜，兩碗飯，猶豫了一下喝水還是喝茶，暖壺裡只有溫水，於是沒有泡茶，喝了半碗水。到院子裡和鄰居聊了一會兒天兒，回到屋裡，躺在床上，慢慢就睡著了。半夜醒來，打開被子，脫了鞋襪，重新躺好，規規矩矩睡到天亮。第二天起來以後，就上班去了。

孫仁之正看報的時候，保衛科來了一個人，叫孫仁之到保衛科去。孫仁之補了一口茶，就隨保衛科的人到保衛科去了。

保衛科的人叫孫仁之坐下來，問，昨天誰給你來的信？孫仁之沒有來過保衛科，正看牆壁上的表格，聽到問，轉過臉來，說，沒有人給我來信呀！

保衛科的人在紙上記了點什麼，從抽屜裡拿出一張紙，放到孫仁之的面前，問，這是誰給你來的信？孫仁之看了一下，是一張白紙，問，這是什麼？保衛科的人將白紙收回去，說，叫你來，不是讓你問我這是什麼，政策你是知道的，坦白從寬。

孫仁之突然想起來昨天收到過一張白紙的信，就問，這張紙是那封信嗎？保衛科的人的表情很難捉摸，說，看來你知道這是什麼。說完之後，保衛科的人就只用手指敲桌子。

孫仁之突然明白事情有點像電影，自己接到密碼信，關好窗子，關窗子之前，還探察了一下窗外。之後，打開燈，燈上罩著紙。拿來一盆水，把白紙浸到水裡，紙上就慢慢顯出字來。任務很具體也很模糊，炸橋，殺人，到某處接某人，某人或是空降或是坐在某處用報紙遮住臉，暗號是，例如同志借個火兒。報紙慢慢放下了，但帽簷兒還是遮著眼睛，鏡頭推近，終於可以看出是哪個名演員，王心剛，于洋，等等，或者反派，有名的反派演員也很多，答出暗號，都是那種緊張的平常話。

孫仁之關於緊張的經驗全部來自電影，當他開口回答之前，紙上顯現的字是黑的，因為彩色電影裡不再拍密碼信了。

孫仁之說，我沒有打水。保衛科的人怔了一下。

孫仁之說的我沒有打水，在文化大革命後成了單位裡的一句笑話。孫仁之向各種審問他的人解釋過，保衛科，造反派，各種造反派，文革後的保衛科。結果是一九七七年平反，將他檔案裡的那張白紙還給他。

事情很簡單，辦公室的同事拿了廢紙簍裡的紙上廁所，發現寫著孫仁之同志收的信封裡是一張白紙，於是連屁股也沒擦，就到保衛科去了。

後來孫仁之把那張紙燙平，用一個鏡框裝了起來，掛在家裡。

噩夢

老俞愛笑，沒有什麼可笑的時候，老俞也是笑笑的。若是誰講了笑話，或是出了什麼可笑的事，老俞笑，是一定的，而且必是別人笑完了老俞還在笑。

小賀不太會講笑話，又怕別人不笑，可後來會講笑話，就是老俞的笑鼓勵出來的。

老俞笑，有的時候是麻煩。傳達文件，不管是局裡上百人，還是科裡十幾人，都是嚴肅的場合，老俞哈哈大笑，讓大家很尷尬，大家願意私底下笑，或者聊天兒聊到時笑，哈哈大笑。

大家都要皇帝的新衣，因此大家有的時候有點兒嫌老俞，照科長的話說就是，不分場合。

科長說，老俞，你這愛笑的毛病，得改改了。傳達中央文件，你笑，算怎麼回事？文件裡講了讓大家夥兒高興的事兒，也不應該笑嘛，應該嚴肅。

老俞說，對，我這麼笑，不合適，不合適，改，下回改。

可是下回老俞又笑了。所以，大家慢慢學著在某種場合不認為老俞的笑是笑，而是咳嗽，呵欠。不能認為是放屁，因為若認為是放屁，大家就會認為是不必顧忌的可笑事兒，就會跟著笑。

最叫大家心驚膽顫的是，老俞總是笑聲很大。也許是因為常常笑，老俞的聲帶鍛鍊得極好，加上胸，鼻，顱三腔的共鳴，簡直就是出神入化，可以穿牆透壁，聲震屋瓦，聊天兒的時候大家笑，老俞也笑，是合唱，沒什麼，越大越好。傳達文件，老俞笑，就是獨唱了，越聽越怵。

小賀說，老俞，您怎麼這麼愛笑呢？您從小就愛笑嗎？

老俞說，沒有哇。

小賀說，那您什麼時候就這麼愛笑了呢？

老俞說，說不好，大概是文化大革命吧。

小賀說，您原先是造反派？

老俞說，不是啊，我哪兒有造反的本事。

小賀說，那您文化大革命的時候高興什麼呢？

老俞說，我沒高興呀！誰說我那時候高興了？

小賀說，您不是說您文化大革命的時候愛笑的嗎？

老俞說，是啊，我記得那時候有個老同學跟我說，你怎麼這麼愛笑了呢？我有這麼個印象。

小賀說，是那個時候人都愛笑嗎？

老俞說，有笑的，有不笑的，不一定。

小賀說，那個時候，什麼人笑呢？

老俞說，我就笑啊。

小賀說，老俞你這個人真煩人，我問你，你為什麼笑？跟你說實話吧，大家夥兒不喜歡你笑，不該笑的時候兒你笑，別人有點兒害怕。

老俞說，我也怕，我得笑，我一直做噩夢，笑了才好一點兒。

回憶

大李從部隊復員後，等了一年，一九七二年才分配到工作。

大李人老實，說起話來，板板眼眼，像複述命令。單位裡的復員兵，有幾個能說的，又是黨員，都很快當了幹部，七弄八弄，也都結了婚。

大李沒有當上幹部，也沒有找到對象，到單位的伙房去洗菜，或者，幫著採購員去買菜。當了幹部的復員兵到領導那裡，說，為什麼叫大李去伙房？大李以前在精銳部隊，起碼可以在保衛科幹幹吧！這麼著對待大李，不合適吧？黨的政策不是這樣的吧？

領導說，伙房不重要？階級鬥爭，要天天講，月月講，年年講，有人下毒怎麼辦？我們信任的同志，我們才分到伙房去。

但復員兵們總覺得大李丟了復員兵們的臉，懷疑大李在部隊上受過處分，託了關係打聽，沒有，沒有受過處分，挺好的，復員倒是提前了一點，沒有受過處分。

復員兵們認為，提前退伍，一定有原因。傳開了，單位裡的人說，大概是有什麼病吧？馬上有反駁的，說，有病？有人不會分到伙房去。

於是大李成了最受注意的人。

大家有事沒事，都要琢磨一下大李，設了各種圈套，希望可以證明大李有預期的毛病或者缺陷。大李在不知道的情況下，經受住了考驗。

於是大李又成了最不受注意的人。

一九七六年，偉大的領袖毛主席逝世了，單位裡有人哭得昏過去。

悲痛過後，是運動。領導傳達文件，說，上級指示，各單位要開展一個回憶運動，回憶毛主席光輝形象的運動，也就是說，凡是在偉大領袖毛主席他老人家生前見過他老人家光輝形象的，都可以在大會上回憶，回憶得好的，報上去，可以在省裡巡迴回憶。條件很嚴格，一百公尺，也就是說，凡是在偉大領袖毛主席他老人家生前，一百公尺以內見過毛主席他老人家的，才有資格在大會上回憶他老人家的光輝形象。一百公尺以外，就不具備回憶的資格了。

大家都覺得自己見過毛主席他老人家，而且是一百公尺以內，但大家也很快謙虛下來，明白自己見到的是每天無處不在的像，立體的，平面的。會場很安靜。

大李舉手了。

領導問，是一百公尺以內？大李說，是。領導問，確定？不是可要負責任的啊！大李說，在部隊受過目測訓練，錯不了。

大李坐在台上，很興奮，大家也很興奮。

七一年我們團接到命令說是保衛中央首長。首長是誰是保密的。首長自己住在大樓裡。我們一個團的兵力駐紮在首長住的大樓後面的大樓裡。有一天，哪一天我不能說，我值崗。我站在我們團駐紮的大樓前面。天黑。首長住的大樓和我們團駐紮的大樓中間有一塊貼大字報的大木牌。天黑。貼大字報的大木牌前有燈。後來，有一個人從首長住的大樓裡出來。出來的人很高。後來，那個出來的人到貼大字報的大木牌前看大字報。原來我就覺得在哪裡見過那個出來的人，他一站到燈下，我就認出來了。他就是，我們偉大的領袖毛主席。我是貧下中農的子弟，我覺得我應該呼口號喊毛主席萬歲。我是右手持槍。我把槍換到左邊，因為呼口號要舉右手。我剛把右手舉起來，就有一條胳膊卡住我的脖子，把我拖走了。我就是這樣見到了我們偉大的領袖毛主席。

大李後來結婚了。

補靪

補靪這種東西現在很難見到了，尤其在城裡。

補靪的歷史很長，當然這意思是說由現在向古代追索，長得找不出補靪始於何時的證據。也有將「補靪」寫成「補釘」的，但「釘」的歷史短於「靪」，而且「補釘」說的是另外的意思。

至於為什麼「釘」的歷史短，老林的理由是「釘」是鐵做的，因此有個「金」字旁。老林的這種望文生義，在街上路燈底下說說還可以，他忘了自己有個小箱子，銅合頁就是用銅釘釘住的，而殷商的時候就有銅了。

老林曾經很注意過郭沫若和範文瀾論辯中國歷史奴隸社會與封建社會的分期，因為「鐵」是分期的理由之一。

但老林最注意的是補靪，凡是有關補靪，老林都特別注意。比如城裡曾經有過補碗的，一個人，挑了一副擔子，沿街叫，鋦鍋鋦碗鋦大缸。老林聽到了，立刻就到街上去。

老林的日子過得很小心，沒有打碎過碗，也沒有砸壞過鍋，缸呢，沒有缸，老林盛東西用桶，鐵皮桶，後來是塑料桶。

老林站在鋦匠的旁邊，看鋦匠用手拉鑽在瓷或陶上鑽小眼兒，然後把碎裂處對齊了，再把鐵鋦子的兩個彎尖頭兒按進內縫兩邊的小眼兒裡，使小鐵鎚敲敲，抹一些濕的白粉在鋦子周圍，活就算做完了。鋦匠看老林在旁邊，說，勞駕弄點兒水來。老林左右看看，如果沒有小孩子也在看，就自己回家打水來。鋦匠把水倒在鋦好的碗或鍋或缸裡，試試它們滲不滲得出水來。

老林問過好幾個鋦匠同樣的問題，您使的那白的是什麼？鋦匠都是回答，石灰。老林不信是石灰，又不好意思拿一點回家研究，所以每次都問。

老林自己的拿手活兒是在衣服上補補靪。褲子的膝蓋處，袖子的肘處，磨白了，還沒破，老林將補靪補在衣服裡面，這樣的補靪叫暗補靪，外面看不出來。

等到布磨破了，老林就把暗補靪拆下來補到外面，用暗針縫，針腳看不出來。除了這些，老林還有挖補、接補和織補。

織補最為細緻。布上很小的洞，不適合打補靪，於是就按纖維的方向邊縫邊把交叉的線編織起來，大部分是平織，老林會將線織成卡其，沒見過的人不會相信，聽起來是有點過分。

老林另外的絕活是配補靪。窗帘壞了，老林把洞補上，掛起來看看，找個對稱的地方補個假補靪，或者，只是把洞的邊緣用線鎖一下，在對稱的地方再挖一個洞，也用線鎖一下邊兒，掛起來，看起來像是設計的產品。沙發的一邊扶手破了，在另一邊弄個假補靪，比沒破還好看，雅。

老林沒有上過輔仁大學的家政系，這些學問都是自己琢磨。老林好做這些活兒，可一點兒不女氣，問起來，老林說，縫衣做飯照說是女人的活兒，可好裁縫好廚子都是男的，怎麼會打個補靪就該像個女的呢？

有一年街上打槍，鄰居一個小夥子前襟上穿了一個洞，查暴徒查得緊，老林飛針走線，在洞上設計了一個補靪。

小夥子仰在被垛上，說，別忙了，憑這個補靪就得把我逮了去，您瞧瞧，現在哪兒還有穿打補靪衣服的？這不明擺著告訴人家我挨了槍嗎？

椅子

老周所在的單位是一個很大的機關。

大，首先是因為是中央級的單位。再者，是因為機關有三千四百五十一人。或者說，首先是因為單位有三千四百五十一人，再者，因為是中央級的機關。

數字是有魅力的。

四個廚房，大師傅二十七人，廚房勤雜八十人，都歸總務處管。總務處還管著司機班三十人，看自行車的七人，開水房五人，清潔工九十四人，醫務室五人，總務處自己有十七人，隨時掌握著三十個臨時工。

祕書處管著七十個祕書，打字的，謄印的，布置各種會議的，傳遞各類文件的。

財務處比較單純，十九個會計，二十三個出納。

傳達室更單純，十一人。

保衛處最單純，七個人。

單位的首腦部門，辦公室，負責著十個副部長的一切。一切的意思是生前與死後，如果他們犧牲在位置上。當然，還有部長的一切。但是部長和副部長都會有陞遷留降退，一切的意思就更豐富。尤其是實行離休制度以後，出現了一大批革命資歷很久的處級的幹部，而且，群眾當中也湧現了一批革命資歷很長的職工，也如傳達室就有第二次國內革命戰爭時期參加革命的前輩，第一任部長是知道的，常常要打招呼的。

因此，一切的意思，在老周看來，就是天堂、人間和地獄。老周當然知道這個部不是上帝，上帝還在上面。

老周的位置是總務處物資科的科長，負責這個中央級的單位的一萬六千九百零七把椅子。以每個人的屁股下總要有一把椅子計算，應該有三千四百五十一把椅子才對。臨時工雖然臨時，但也有臨時坐下來的時候，那麼，另外的一萬三千四百五十六把椅子呢？老周都是有賬的，是清楚的。

老周一向認為每人只有一把椅子是典型的機械唯物主義，他記得馬克思，恩格斯，列寧，直到毛主席，都批判過機械唯物論和機械唯物主義。機械，就是一對一，不可能，這是不可能的，部長會議室有二十七把椅子，雖然有五把叫沙發，但編號是一個沙發一個牌。三個機關食堂就有三千五百一十一張凳子，大禮堂，招待所，沒有椅子怎麼聽報告？沒有椅子怎麼招待部系統內出差來的同志？

老周也是要離休的，他的資歷夠得著限。老周當然不順意離開這一萬六千多把椅子。從五十年代的十三把椅子到八十年代的千軍萬馬，這個政權是老周一手建立起來的。老周心裡對上帝有些不滿，尤其是，把知識分子正式拉進領導層以後，接替他的是一個還不到三十歲的人，理由是念過大學。

老周很久地翻著賬目，讓那個年輕人愣在一邊打呵欠。

老周說，咱們單位有一萬六千九百零七把椅子，可是，總共呢有六萬四千一百一十七條腿，你要接我這個權，你說說，除了三條腿的椅子，有多少四條腿的椅子？

老周在沒事的時候，慢慢用加法算過腿，交出權力的這口氣，要靠椅子出了。

年輕人把手插進口袋，說，老周，您以為我稀罕管椅子？這樣吧，我去跟部裡說說，江山是您打下的，還歸您看著，我也省得每禮拜招呼椅子股的幾個人政治學習。

年輕人回身走了，到門口，撓撓頭，說，四條腿的一萬三千三百九十六把，雞兔同籠。

覺悟

覺悟是老俞的釋名。釋，就是釋迦牟尼，佛祖，所以釋名就是和尚尼姑的佛教的名字。也有叫法名的，可道士道姑也稱法名，釋道兩家也有稱法號的，因此，大覺寺的僧徒被勒令解散還俗後，蓄了頭髮的老俞常常要向好奇而暗暗來問的人解釋，覺悟是自己的釋名，免得附近的人認定他文化大革命前是道士。赤腳醫生看不了的病症，貧下中農最愛尋做過道士的人，求個籤，討個符，掩在衣服裡帶回家去。

老俞因為家裡窮，從小被送到廟裡，挑水，砍柴，磨穀，澆菜，打掃內外。還有日課，就是打坐念經。打坐的時候，有一次睜了一下一隻眼，被值日的師兄望到，劈臉就是一掌，喝道，看什麼你看？這裡哪樣東西是你的你看？小俞把眼睛閉了，想，念了這麼多日子的經，都不如這一句管用。

受戒的時候，有亂兵經過，住持都跑了，只剩下小俞一個人在廟裡合十靜坐。兵圍起他來，罵，禿驢，你比你兵爹還不怕死？去，找值錢的東西來，省得你兵爹費事！小俞兩隻眼睛一隻也沒睜開，說，你娘生你的辰光，天塌地陷，也不能挪動，性命關天。兵一槍把子將沒燒疤的小俞砸成個血葫蘆。

住持避後回來，說，慚愧，這才見了佛祖。這樣吧，大覺寺隨便你怎麼樣。小俞說，我要學經。

小俞得了法名覺悟。覺悟每日讀經。為了疑難，覺悟雲遊過。雲遊後覺悟回來大覺寺，每日在廟裡繞著圈走。當年的師兄見了，問，每天這樣走，有什麼道理在裡面？覺悟說，走慣了，一時停不下來。

覺悟讀經讀出名氣來，北平，南京，上海常有雜誌來信約文章，或有書局請為精印佛教撰序。覺悟寫下的，常常只是某處某處也許錯了，和他在某處某處曾經見過的不一樣。

倏忽到了解放。人民政府讓覺悟參加政府，為人民做些有益的事。覺悟奇怪了，說，讀經是有益還是沒有益呢？政府來的人和當地的幹部吃酒，說，覺悟真沒覺悟，還真讓他當官管事？那我腦袋瓜子掖進褲腰帶打天下不是白鬧哄了？國有臉，樹有皮，剃過頭的還不識抬舉了。

倏忽到了文化大革命。大覺寺被封，貧下中農革命積極性很高，紛紛拆樑卸柱，運回家裡備料蓋房，大覺寺只剩下貼著封條的兩扇山門。

覺悟由人民公社分配去勞動，鋤草、割穀、挑糞，都是小時做過的事。覺悟看看幾十年沒有變樣的鋤、鐮、扁擔，在上面寫了自己的釋名：覺悟。

通知覺悟不能叫覺悟了，改回俗姓。老俞去登記戶口，公社的人敲著婚姻狀況一欄，說，爭取重新做人吧，和尚配姑子，革命了嘛。老俞問，革命事業的業字怎麼講？公社的人把抽屜哐啷關上，罵，業你個禿驢！

老俞會寫字，被派去在牆壁上寫一個人高的標語。老俞寫的第一條是：提高共產主義覺悟。公社的人逛過來看到了，說，叫你寫革命委員會好，誰叫你先寫這個了？老俞說，給我的單子上有，可是這條意思不對，覺，悟，覺悟了就是覺悟了，沒有高低。

公社的人上上下下地看老俞，嘶嘶地說，你要是覺悟著你有理，你就小心著你自己脖子上你自己的腦袋。

小雀

小孫大學畢業之前，省裡組織了社會主義教育工作隊，到鄉下去「四清」，清理階級隊伍，清理賬目，等等等等。小孫派到個小隊長，集中起來學習了一個月，腦袋滿滿的，轟轟烈烈地下去了。

鄉下的階級鬥爭，照文件上的說法，甚是嚴重。所以，工作隊並不轟轟烈烈地進寨子，而是悄悄的，小孫想起電影裡日本人進村，「打槍的不要」。

豬和雞懂政策，悄悄的不響。狗不懂，狂吠，還撲過來。有人喝斥著出來，問詢是哪裡的客？進來喝茶吧？小孫看他穿得破爛，心裡很激動，說，我們是看望你們貧下中農來的，你們受苦了，我們不喝茶了。

大家分別住下。小孫住在隊長家。

小孫想，這個隊長是不是個四不清的幹部呢？從現象看本質，於是屋裡屋外地看現象。看來看去看不懂，隊長的豬是髒的，寨子裡的豬都是髒的；隊長的雞是母雞下蛋，寨子裡的雞都是母雞下蛋；隊長的雞是公雞打鳴，寨子裡的雞也是公雞打鳴；隊長的狗聽隊長的招呼，寨子裡的狗都聽自己主人的招呼。看不出來，等著吧，等開展了四清的調查，本質就會露出來的。

但是現象也沒白看，小孫發現，寨子裡家家都用籠子養著鳥。籠子有用枝條編的，有竹棍編的。鳥有各式各樣的鳥，只有一個相同的本質，就是，都叫，嘰嘰喳喳，長長短短，高高低低。鳥籠掛在家裡，或者簷下，或者附近的樹下。隊長的鳥籠，也是掛在家裡，或者簷下，或者附近的樹下。出工時，寨子裡的人肩上扛著大致一樣的農具，手裡提著各樣的鳥籠。去到山上，先把鳥籠在枝頭高高低低地掛起，才開始前前後後地幹活。歇息的時候，大家就看鳥，聽鳥，評鳥，也有因為鳥而打起來的，也有因為鳥而知心的。樹林裡飛來與鳥籠裡各式各樣的鳥相同的各式各樣的鳥。小孫很高興，可是心裡繃著階級鬥爭的弦，望見鳥們如此轟轟烈烈地聚會，又覺得不祥。

果然不祥。上面傳下指示，說這個鄉養鳥，是一種地主階級的生活方式，請問舊社會，什麼人才養鳥？貧下中農吃不飽，穿不暖，還會養鳥嗎？當然不會。結論是，結論是很明白的。

小孫披著衣服召集了社員大會，主題明確，論證生動。小孫覺得，自己第一次的講演居然這樣好，將來運動的開展和深入以至勝利，會是好的，能將鳥和千百萬顆人頭落地講出因果關係，還有什麼辦不到的呢？

小孫回到住處，隊長說，這雀看來關著能殺人，放了吧。就把小門打開，雀跳來跳去，卻不飛離。隊長說，你還等什麼呢？小雀終於還是飛走了，不見了。

上山幹活時，沒有人說話，只有人打呵欠。聽到野鳥叫，有人抬頭望，又看到小孫，低下頭，小心幹活。

日頭落下去，烏鴉慌慌地飛過。收工了，小孫覺得渾身痠痛，慚愧勞動關還沒有過。

小孫打了一些水，坐在簷下，慢慢地洗，想，要努力，取得貧下中農的信任，才能勝利地完成四清任務。我們的國家我們的黨……忽然有鳥叫，小孫尋聲望去，隊長掛在樹下的空籠子上頭，隊長的那隻小雀跳來跳去。正禁不住要告訴隊長，隊長卻返身回屋裡了。

陰宅

老劉祖上是江西人，小劉祖上是湖北人，大韓祖上是河北人。江西人，湖北人，河北人，五湖四海，走到一起來了，並非是老劉、小劉、大韓要走到一起來，而是祖上都是盜墓的，陸續叫官家拿獲，發配到雲南，大明律定的規矩。清律承明律。小劉說，老劉，論資格，你比我差著呢，你祖上是嘉慶年間叫官府拿了配到這裡，我祖上可是大明嘉靖年間來的，都是嘉，可一個靖，一個慶，差了有兩百多年。咱們都姓劉，你說，我是不是你祖宗？

老劉說，大韓呀，從我站的這地方下跺鏟，錯不了，聽我的，照直往下掏。

大韓就往下掏。掏累了，老劉說，小狗日的，該你了，小劉就接著往下掏，罵罵咧咧的。

小劉掏累了，說，老狗日的，該你了。老劉說，掏下去要是掏不著貨，下回就全是我賣力氣。我這兩手活，你慢慢學吧。學著了呢，是你的福氣，學不著呢，叫你一輩子掏地窟窿掏不著大閨女的窟窿。

小劉接著掏，說，老狗日的，你別以為我掏不著大閨女。你奶奶的窟窿，我不稀罕的掏。

大韓說，歇歇，我來吧。

小劉把鞋裡的土往外倒，還想接著罵，見老劉吧腦袋貼在地上，就住嘴了。

老劉爬起來，說，快了。大韓再跺了六七下，通了，拉繩子把跺鐽提上來。

三個人坐在地上等換氣。老劉說，我看地望，拿五成，老規矩，下去的拿三成，下不去的拿兩成。

小劉說，三一三十一，不行我就把窟窿填了。大韓不說話。

老劉咳嗽了，點點頭，說，行吧，我拿三，下的拿四，誰下？

小劉站起來，說，我下。小劉把繩子捆在腰上，另一頭大韓拉著。小劉看看窟窿，說，老兔崽子，你記著，最值錢的我隨身帶上來。

東西一件一件被提上來，老劉一件一件地摸索，說，你擋一下，我打個亮。

大韓蹲下來，老劉劃著了火，看了看貨，說，哼，夠了，都能賣好價錢——你拿三呢還是拿四？聲音從比野地還荒涼安靜。

大韓站起來，把繩子扔到窟窿裡。小劉在窟窿底下叫起來。

老劉往窟窿裡推土，土滿了，老劉累得呼哧呼哧的，大韓不動手，也不說話。

老劉把東西收拾了，叫上大韓，連夜趕路，到了縣車站。車站後半夜只賣涼饅首，老劉買了，喝自己的酒，剩了些給大韓。老劉手伸進襖裡撓癢癢，說，個小狗日的，見你嘉靖的姥姥去吧。這回行了，有個五、六年不消碰陰宅了。

老劉看看大韓，說，年輕力壯的，別擱不住事。這樣吧，賣了，咱們二一添做五。過幾年，沒有風聲，我還找你，你不幹其實這回也夠了。

天大亮，等頭班長途車的人發現老劉死在廁所裡。

南方

何剛，生在北方，長在北方。北方對何剛來說，就是北方。

中國的所謂南方，所謂北方，小學地理課本上就有規定，秦嶺淮河為界。何剛雖然沒有去過南方，總是翻過畫報，見過圖片裡的中國南方，當然，有時會有些法國南方，義大利南方，美國南方，總之是南方的圖片。

中國的南方，圖片上是水牛耕田，水牛長鬍子，後面的農民戴斗笠，斗笠好像是竹子編的。北方是黃牛犁地，黃牛不長鬍子，後面的農民戴草帽，草帽是麥秸編的。

但這些好像都還不是南方與北方的區別，南方與北方的區別，在何剛想來，是水。可是北方也有水，河裡，湖裡。冬天呢，雪化了，到處是泥。

何剛後來有了些機會出差去南方，何剛就是這時開始想北方與南方的區別，本來何剛認為是雪，可南京也下雪，杭州也下雪，那麼不是雪。

也不是雨，南方的雨與北方的雨都很大，很猛。不是雨，那麼是熱。重慶，武漢，南京，號稱長江三大火爐，熱起來毫無道理可講。武漢人夏天夜裡躺在竹床上，旁邊擺一個水盆，將一節竹筒在水裡浸一浸，摟在懷裡，熱了就再往水裡浸一浸，竹筒叫做「竹夫人」。自己出差在外，哪裡來「竹夫人」？只好用竹筷子的棱刮汗，煩得很。

但北方熱起來也不善，三伏天，無處可躲，褲子叫汗貼了腿，脫了，更熱，頭腦想不清正經事，一肚子厭世的情緒。

冬天，何剛去上海，冷得人小了兩圈，晚上更覺得小了三圈。如果小下去可以不冷，何剛寧願小下去四圈、五圈，沒有了也可以。打開水來喝，牙抖得在杯子邊上敲單皮鼓，手剛捂熱，水倒涼了。天冷走腎，廁所去了一趟又一趟。廁所呢，冷得都不臭了。

去旅店櫃檯上問，女服務員正用凍得胡蘿蔔一樣的手點鈔票，說，儂阿是香港來？哪能勿去住飯店？阿拉南方冬天沒有火的，國家規定的。頭都不抬一下。

何剛於是回到自己的房間，關上門，心裡明白北方與南方的區別了，那就是冬天的南方比北方冷。於是打開被子，鑽進去，叨咕著，秦嶺淮河為界，秦嶺淮河為界……

唱片

趙衡生並不是愛好音樂的人，這個「音樂」指的是西洋音樂。趙衡生好聽個戲。

戲對趙衡生來說，好像是與生俱來的。很小的時候，父親就帶他去聽戲，他還記得鑼鼓敲得震天響，後來一個老太太慢慢地唱，醒來的時候已經在自己家裡了。

長大以後，趙衡生會唱不少戲文，都是隨情緒的，比如夜裡走胡同，就唱一段帶豪氣的，自哼過門兒。有什麼得意事兒，趙衡生也會唱上兩句，比劃兩下，有時候乾脆只念鑼鼓點兒。

所以戲對趙衡生來說就是生活的一部分。趙衡生不大唱革命歌曲，唱起來也是戲味兒的，同事們笑話，後來也就不唱了。

文化大革命中的樣板戲，趙衡生愛唱，《紅燈記》、《沙家濱》、《智取威虎山》，都愛唱，《海港》、《杜鵑山》也愛唱。文化大革命後有的時候唱，同事們笑話，慢慢也就不唱了。

趙衡生的工作是開車，開貨運卡車。卡車司機是不裝貨卸貨的，裝貨卸貨有人做。裝貨卸貨的時候，他就找個舒服的地方坐下，打開半導體收音機，聽戲。

一九六六年剛入秋，車隊派趙衡生去運東西。趙衡生問運什麼，隊上說是唱片，他就去了。其實問不問都得去。

真的是唱片，整整運了一星期，都是抄家抄來的，從北京城裡運到東郊一個大倉庫。運到了，卸貨的工人用鐵鍬從車上往倉庫裡鏟，唱片很滑，不是件很容易的活兒。

趙衡生當然是坐到一邊兒，打開收音機，聽戲。不過趙衡生是有好奇心的人，戲聽了一段兒，他就到倉庫邊兒上去張望，隨手撿起一張看看，不料是張梅蘭芳的《貴妃醉酒》。《貴妃醉酒》趙衡生熟，於是就擱到駕駛座上去。一個倉庫管理員過來，說，這是四舊你知道不知道？知道你還拿！扔回去！

從來沒有人對司機這麼說過話，趙衡生想了想，忍了，把《貴妃醉酒》使勁兒扔了回去。一路開回去的時候，恨恨地說，你不讓老子拿？老子來的半道兒上就拿！你能怎麼著？看你能怎麼著！

掃車廂是司機的活兒。趙衡生掃車廂的時候，發現車幫上卡著一張唱片，抽出來看看，當中印的洋字碼，不懂。不懂就不懂吧，也算一張唱片，找張紙包回家了。

趙衡生沒有唱機，聽不了這張唱片。可手上有這麼張唱片，心裡很癢，於是開始找唱機。

運抄家物品，找個唱機不是很難。找到了，把唱片放上去聽，唱頭在唱片上劃來劃去，不出聲音。找人問了，原來自己手上這張唱片是「三十三轉」，要用「三十三轉」的唱機才能聽。於是又找。這麼一折騰，趙衡生幾乎成了唱機專家。

找好了唱機，插上電，擺上唱頭，放好唱片，聲音出來了。趙衡生從來沒有聽過這種音樂，好聽，可惜唱片被鏟壞了，有一段兒沒有一段兒的，但還是好聽。後來因為常聽，也就會哼出有一段兒沒一段兒的音樂。

二十年後，一九八六年，有一天趙衡生聽見車隊一個新來的小夥子的錄音機裡放一個曲子，又熟又不熟，突然就明白原來就是早先那張唱片裡的曲子，急忙問這是什麼曲子。小夥子愛答不理地說，德沃夏克的新世界，懂嗎？

趙衡生跟著曲子，一路就哼下來了。小夥子愣了，以為趙衡生只會哼戲。

尋人

李雙林命中缺木，取名雙林，就是為補木的不足。雙林是四個木，加上李字上的木，共是五個木。

李雙林認為「木林森」這個名字挺好，共是六個木。不過若叫「林雙森」的話，就是八個木了，可惜自己不姓林而姓李，活活地少了三個木。李雙林為自己命中缺木這件事苦惱很久，後來去街道辦事處改名叫「李兆森」。兆還有什麼說的，個、十、百、千、萬、十萬、百萬、千萬、億、兆，到頭兒了，最多。

李兆森還是怕碰上個叫林兆森的人，雖然都是兆，但林還是比李多了一個木。不過李兆森很久沒有碰上過叫林兆森的人，可疙瘩是一直在心裡的。

一九六六年秋天，李兆森騎車在城裡轉，他忘了當時是要去什麼地方，總之他瞥到街上的大字報中有一個標題是「打倒經濟系統的反動學術權威林兆森」，林兆森三個字都打上了叉。

李兆森立刻跳下車來，近前去看這個叫林兆森的人是怎麼回事。大字報中或詳或略地講了林兆森的罪狀。李兆森讀著，有些心驚肉跳，有點兒幸災樂禍，有點兒莫名其妙，有點兒不忍。大字報上沒有說林兆森為什麼叫林兆森。

李兆森回家的時候，想這林兆森必是命中缺木，才叫林兆森，和自己一樣，也是個命中缺木的人啊，於是興起了去瞧瞧他的念頭。

李兆森第二天起來，去找大字報署名的單位。到了，進去了，轉來轉去，就是不敢問起林兆森這個人，怕被懷疑。後來想這林兆森既是被批判，一定在做粗活兒髒活兒，於是就到廁所去找。看見掃地的，遠遠地觀察，看看會不會是林兆森。看見有人被打，就跑過去聽是打倒誰。

一天就這樣過去了。

李兆森自己的單位也在搞無產階級文化大革命，總是要參加的，疏忽不得，於是在單位裡老老實實待了一天。不過李兆森倒是瞧見幾個不是自己單位的人轉來轉去，看看大字報，看看揪人鬥人，也去廁所。

李兆森不禁琢磨起這幾個人不是自己單位的人，後來跟住一個人，問他你是哪個單位的？到我們單位來幹什麼？那個人張了張嘴，沒說什麼，扭頭走了。

李兆森第三天又到林兆森的單位去。到了門口，心裡有些打鼓，想人家會不會懷疑上我呢？

猶猶豫豫的，小小心心的裝作沒事又裝作有事，東瞧西看，盯著看，注意聽，著急又不敢著急，最後是被人攔住了。

攔住他的人袖子上戴著紅箍，造反派，問李兆森，你是哪兒的？幹什麼的？

李兆森張了張嘴，心裡編排了一下，不料脫口說的卻是：林兆森在哪兒？

戴紅箍的人上下打量了李兆森，說你跟他什麼關係？

李兆森心裡很虛，嚴肅地說，我看了你們的大字報，想了解他還有什麼罪行。

戴紅箍的人說，他還有什麼罪行？他早死了。我們批的幾個傢伙，都是他的學生，所以當然要批他們的先生。

縱火

吳順德喜歡收集東西，例如郵票。吳順德有一張清朝的大龍票。大龍票很值錢，但是吳順德收的這張缺了一個小角兒，殘張，不值錢了。

吳順德喜歡收集東西，東西值不值錢，沒有關係，閒暇時看看缺了一個小角兒的大龍票，是很高興的一件事。

其實沒有多少人見過真正的大龍票，只是在集郵雜誌或集郵的書上見過大龍票的印刷品。吳順德有一張真正的大龍票，雖然不值錢了，但是是真的，不少朋友是在老吳這裡見到真的大龍票。因為不值錢，所以大家看起來也不緊張，你傳過來，我傳過去，開開玩笑，嚇唬一下老吳。

老吳說，我不怕，我怕什麼？不值錢就沒人偷沒人搶，留在我這兒是真的。

老吳還有很多不值錢的東西，例如火柴商標。老吳有一張猴虎牌的火柴商標，印的是一隻猴子騎在一隻老虎的背上。有朋友問，老吳你收這個幹嘛？老吳說，猴虎牌兒的火柴不是安全火柴，隨便在哪兒一擦就著，危險。猴兒騎在虎背上，下來就得叫虎吃了，危險，你說這牌子和這火柴配得多好！火車頭牌兒的牙粉就不好，以後牙全沒了，都叫火車頭撞掉了嘛。

吳順德住的地大不大，所以收不了什麼大東西。吳順德收的都是小東西。

一九六六年夏天，北京開始抄家，翻箱倒櫃，打人，打得人嗷嗷叫，抄出來的東西攤一地一院子一街，市民圍著看，議論。吳順德拿個薄扇一邊兒搧著，一邊兒到處看，看看都抄出來些什麼東西。

這一看不得了。

吳順德回到家裡坐下，手拄在腿上想，原來我收的這些東西，都是四舊。大龍票，封建王朝的官府憑據；猴虎商標，現在早就是安全火柴了，不安全火柴不是舊的是什麼！老吳想來想去，想想自己還收了什麼要命的東西。

吳順德想起了一樣東西，一張月份牌兒。這張月份牌兒印的是美人，細眉高額，紫色旗袍兒，直鼻子長肉眼，要命的是邊兒上的圖案裡框著一小面青天白日旗。

為什麼會有旗？好像當時是「新生活運動」？總之，有這面旗就有被抄的危險，被抄就有被打的可能。而且，以前朋友來看收藏，沒放在心上，隨便讓人家看，多少人都知道我有這張月份牌兒！人看過了，就會記住。記住了，就有揭發的可能。揭發了，就一定會來抄，來抄，少不得打。

吳順德一整夜都在找那張月份牌兒。東西常常是這樣，你不要的時候，它老在你眼光晃，你要它了，就怎麼也找不著了。現在這張月份牌兒就是這樣，無論如何找不到。吳順德坐下來鎮靜了好幾次，他有這種經驗，越急，越找不著。

街上的抄家徹夜進行，臨時扯起來的電燈照得如同白晝，人聲鼎沸，吆喝連天。

天快亮的時候，吳順德的小屋兒起火了，火苗兒嗖嗖的，小屋不到半小時就燒塌了。

被子

張武常死於一九六七年冬天。冬天實際分兩部分，年初一部分，年底一部分，張武常死於一九六七年底的冬天。

張武常經常覺得自己名「武常」不好，一是太像抗戰時期日本軍「武運長久」的簡稱，二是「武」這種事，「常」了不是好事。可是沒有辦法，父母給起的，不便更改。六六年毛主席在天安門城樓上說「要武嘛」，六七年又有「文攻武衛」的說法，這「武」倒也是個當令的字，所以也就沒改。那兩年很多人不改姓，卻改了名，張武常是抗住了誘惑的。

一九六七年年底，先是張武常的兒子死於武鬥。張武常很傷心，心裡非常亂。兒子從小到大的樣子，混亂中好像沒有次序地抽紙牌，張張都是好牌，張張都是新的。

更讓張武常傷心的，是兒子已經結婚了。媳婦和兒子是一個工廠一個車間的。六六年六月訂婚，八月就亂了。六七年更亂，武鬥，工廠裡兩派不相容。兩口子參加同一派，趁熱鬧就結了婚，同派的戰友來賀，鬧得很邪氣，當然也送了東西。例如洗臉盆，盆底印著毛主席的詩句「四海翻騰雲水怒，五洲震盪風雷激」，倒進水去，還是很激發想像力的。茶缸子外面卻印得有點怪，是毛主席的「敵疲我打」，不知道茶是怎樣一個喝法。

兒子和媳婦是一塊死的。他們這一派總共死了有三十多人。追悼會開得很隆重，會場上一幅很大的橫標「血債要用血來還」，迎風翻滾，口號一浪高過一浪。張武常作為烈士的父親，被請到台上講話。張武常覺得自己講得很不好，但是看到那麼多人為兒子媳婦神情激昂，很是感激，覺到了一些得意，覺到了安慰。而且血債要用血來還。

之後是抬屍遊行。三十多具屍體，個個紅布裹身，周圍是手執武器的戰友，開路的是毛主席畫像和另外一條標語「誓死保衛毛主席的革命路線」。路上還放了槍，很響，嚇了張武常一大跳。張武常這才突然明白自己的兒子媳婦就是被這麼響的槍打死的。

張武常回到兒子住的地方，收拾遺物。屋裡沒有火，陰冷陰冷的，腳脖子凍得沒有了知覺。上街買了點兒吃的，沒有心腸吃，想生個火，沒有心腸生，就凍坐在床上。兒子從小到大的樣子，混亂中好像沒有次序地一張張抽紙牌，張張都是好牌，張張都是新的，兒子死的這張，更是新的。

天很晚了，張武常也沒有心腸開燈，想來想去，沒有頭緒。這兩年一直覺得還算有頭緒，這時才沒有頭緒地覺得沒有頭緒。漸漸覺得寒氣透骨，可是還沒有心腸起來生火。順手拉開兒子兩口子的被子，胡亂蓋在身上，朦朦朧朧覺得兒子兩口子真的是走了，這床，這被子。

一九六七年的冬天的這一夜，特別冷，凍得到處嘎嘎響。後半夜槍聲響起來的時候，張武常沒有驚醒。

張武常是幾天之後才被人發現死在床上，腦門僵白，嘴微張，鼻子下有一塊冰。

張武常蓋在身上的被子，鮮紅的被面上繡著梅花圖案，靠近被頭上，有夫妻小兩口手繡的毛主席詩句：「梅花歡喜漫天雪，凍死蒼蠅未足奇」。

家具

王換三是王村人。他小時候家境不是很好，有幾畝地，沒有牲口，春種秋收，靠的是家裡人肩拉肩扛。收秋之後，換三的父親做些小買賣，四處跑，積下點錢。年前回來，什麼也不買，都交到換三母親手裡，父親自己坐在炕上抽旱菸。

換三母親在家裡操持，養些雞什麼的，不吃蛋，讓換三拿到集上賣了。賣了，錢都交到母親手上，換三自己袖著兩隻手，在街上走走，和村裡的人打打招呼。

過年前一個月，宰了一頭豬也是拿到街上賣了。年怎麼過呢？用自己種的土豆子換些豆腐，留十幾個雞蛋，殺豬留了血和腸，還有肺，肺賣不出什麼錢，自家的土豆子做些粉條，包些餃子，敬過了祖宗，一家人也吃得熱氣騰騰。

王換三最記得父親的不說話，母親的勤儉。年三十晚上母親舒展了一張苦臉，還會揑起嗓子哼小曲。父親抽著菸不說話，只有額頂是亮的。

王換三聽母親哼小曲，不知為什麼就會立志，讓父母老了的時候，過年吃一頓肉丸的餃子。這個志脹得換三胸滿滿的。換三年輕，年輕人都是覺得日子無盡頭，天大的抱負，拚命做就是了。

父親母親的意思是買地，農民的志氣就是腳底下的地。王換三能娶上媳婦，也是丈人家看得起王家要買地。農民的信用，都在土地上。

媳婦過了門，幫著婆婆勤儉。王家的一股繩擰得緊緊的。難得的是王家的人不生病，王村的人都知道換三家遲早是要發的。

果然就發了。頭幾年還看不出來，等王家地裡要請個短工的時候，王家已經有了二十幾畝地了。

換三在莊稼上是把好手，地裡，場上，入庫。什麼都瞞不了他。做王家的短工不容易，東家懂，佔不到便宜，而且東家幹起活兒來不要命。

後來又僱了長工，再後來家裡都僱了人。到一九四八年土改的時候，王家劃了地主成分，換三當家，是地主分子。

王家的地，房子，牲口，家具，都分給了村裡的貧雇農。換三請人打的一套家具，桌子分到東家，凳子椅子床分到西家南家北家，櫃子拿到村公所。

王換三自此再也沒有看到過自家的家具成套的樣子，能活下來已經不容易了。

不料三十年後，政策變了，村裡又分了地。王換三也摘了地主帽子。父親過世了，母親還在，有兩個孩子都大了，老婆還能操持家裡。

王換三站在自家分的地頭上，當年的志氣沒有了。晌午的時候，有兩個外鄉人經過，問換三村裡有沒有舊家具賣，換三不明白他們說的是什麼。

換三回到村裡，見場上聚了不少的人，就走過去望望。原來村裡各家將舊家具都抬到場上，那兩個外鄉人在收買。

王換三突然見到當年自己的家具在場上重新聚成了套。三十年過去了，好像各奔東西的朋友再碰頭，各是各的風霜。

外鄉人說南洋的華僑喜歡這樣的舊家具，古樸。你們用舊了的東西，看看，人家出國啦。

輯四

其他

故宮散韻

夏日傍晚宣武門城樓上或坐或立或走動著不多不少的人燕子們忽地從頂樓簷下離去，成千上萬盤旋如煙雲時隱回斗拱迅速得好像城樓打個噴嚏。住在附近的人見到了搖蒲扇說：「燕飛低關公騎馬披蓑衣。」

果然下雨城牆上的人都跑進城樓裡，一對對互為高矮的情人穿正經短褲或乾淨衣裙呆立，人多不便說話各自看北京下雨。間或有一兩隻燕自簷下躥出情人們總是女的一方發出驚嘆廢話你看你看燕子往雨裡去。下棋的大叫勞駕給騰個亮兒嘿於是站在樓門口兒的往兩邊兒挪挪接著看雨，聽身後棋子由人敲擊。

東邊下雨西邊晴北京內城十個城門並非都在雨中。就連內城裡的紫禁城又叫故宮，昔日天子宅院經常東華門下雨西華門只是有風走動，將街上的土裹起來散布潮腥。

六十年代故宮人氣尚不是很躁，中午太和殿若有小童哭鬧端門亦可聽到。傍晚時藏在角落的喇叭一遍遍勸人離開好像唱片滑槽兒。暮色中有人敲鑼那是最後警告，之後數十扇宮門頂粗木門聲音遠近寂寥。

關門後三、四個五、六個昔日太監提油紙傘黑布傘入熙和門沿御河出協和門向東華門走，圓口布娃蹭地聲音在昔日天子宅院裡一盪一盪逐漸沒有。同時有女子們著泳衣自偏殿跑出尖聲尖氣笑，肥白大腿跨漢白玉欄杆屁股一扭跳進太和門前御河裡游水搽香皂。之後濕淋淋跑回偏殿換好衣服也向東華門走歪頭梳理頭髮晃盪，皮鞋跟兒跺地響在昔日天子宅院裡一盪一盪如遠處放槍。偏殿門邊兒掛牌子上書諸如歷代繪畫歷代書法歷代文物歷代階級鬥爭總之歷代展覽字樣，門關了，鎖很亮。

出了東華門紫禁城筒子河腥味兒時有時無，鄰河住家窗戶敞開孩子們脫褲衩兒屋裡跑兩步直接將自己扔進河濺起高低水柱。城頭箭垛子上烏鴉縱身一躍慢慢飛肉喉嚨蒼涼叫喚，有回音兒為城根兒吊晚嗓兒的人嚴肅示範。

城牆邊兒馬路上有女子學自行車，後邊扶持的男人撒了手女自覺出來哎嗨哎嗨慢慢倒地。女子一攏頭髮喘著氣說你別不言語就撒手把車摔壞了跟你沒完。城牆下樹林裡有人吹號一個音兒沒拔上去，重來。街燈忽然一亮原來天色已暗。

東華門大街上乘涼的人下班的人熙熙攘攘，於是街燈就顯得暗淡而輝煌。街燈統一亮，王府井，東單，東四，西四，西單，建國門豁口兒，崇文門，前門，和平門豁口兒，宣武門，復興門豁口兒，阜成門，西直門，新街口兒豁口兒，德勝門，鼓樓，安定門，東直門，十條豁口兒，朝陽門；外城也在統一之內，菜市口兒，花市兒，左安門，右安門，廣安門，永定門，於是除了故宮北京就都是暗淡輝煌。

故宮在北京夜裡是一個大黑方塊兒。景山上納涼人俯視黑方塊兒出神之時，總叫突然從眼前樹叢裡鑽出來的男女們嚇一跳，情人在夜色中牽摟著走開遺下三種規格避孕套兒，第二天就有孩子驚喜撿起用嘴吹成透明長氣球舉在手上跑來跑去跑出公園跑回家裡到處炫耀。

天黑了就不會越來越黑只有時間越來越晚。胡同裡燒熏蚊子藥六六粉味兒越來越淡。

藏在景山各處的喇叭開始一遍遍勸同志們回家開始淨園。西邊兒北海公園隱隱傳來廣播聲也在淨園。人們慢慢起身走動忽聽到故宮那邊有人叫喊，駐腳望去紫禁城城牆上下手電棒兒的光晃來晃去，星星點點好像螢火蟲終於聚到一起。

北京人最愛熱鬧故宮出熱鬧了這可是溥儀出宮之後極難遇到。人民飛奔起來電車上的人都伸出頭喊著問怎麼了嘿？車下人一邊兒跑一邊兒熱心回答不知道。

神武門饅頭釘門扇開條縫兒，軍人們棝個農民順紫禁城城牆過來驅開圍攏的人民進去了。郭沫若寫的「故宮博物院」大石匾下人越聚越多語聲囂囂。

看到的人給沒看到的人義務解說抓到個小偷兒，故宮關門他貓起來一拿東西叫人發覺了——怎麼著，偷國寶——那可不，西路住著有兵追得小子上了城牆兩下裡一堵沒辦法扛個包袱就往外跳，小子偷走一百來件鬧好了能趕上八路無軌末班車終點站正好是北京火車站——好傢伙，夠魯的——打開一看都是故宮職工食堂明兒早上的饅頭估摸著小子兜了三屜出來——大概是要飯的河南遭災這幾年自然災害——這是哪位閒著沒事兒造謠哪有個地方兒去了窩頭管飽……聽話音兒是便衣大家明白及時散開。

二十多年過去偶有人在原來是內城城牆後來拆了城牆修地鐵如今是二環路只剩站名兒叫宣武門處聊故宮的玩笑。科學發展鹵素燈下情人依偎如今避孕工具豐富了，可抗日期間重慶跑防空小報推薦之避孕法無師自通，就是高潮前請將貴陰莖及時抽出或高潮時務必捺住男性之會陰國難時期享敦倫之樂行此法可免日後警報期間女性有喜之煩惱。

畫龍點睛

故事之一

從前有座廟，廟裡有堵牆，白白的好像缺點什麼。廟裡的和尚於是請來畫家張生在這堵牆上畫些東西。

張生就畫了四條龍。到廟裡來的人都說這四條龍畫得真好，可是，為什麼不給四條龍畫上眼睛呢？

原來廟裡的人很小氣，沒有給張生畫龍的錢，張生就不畫完。可是人來廟裡看龍，順帶著香火就旺，廟裡的和尚想來想去，付給張生三條龍的錢。

張生拿筆到牆前面，給其中的一條龍畫上眼睛。轟隆一聲，有眼睛的龍飛走了。

張生說，既然你們只給三條龍的錢，沒錢的龍只好到別處去了。

故事之二

從前有座廟，廟裡有堵牆，白白的好像缺點什麼。廟裡的和尚於是請來畫家張生在這堵牆上畫些東西。

張生就畫了四條龍。到廟裡來的人都說這四條龍畫得真好，可是，為什麼不給四條龍畫上眼睛呢？

張生說，龍有了眼睛就活了，活了的龍會飛走，龍飛走了牆就又白了。大家都不相信。

張生拿筆到牆前面，給其中一條龍畫上眼睛。轟隆一聲，有眼睛的龍飛走了。

大家慌了，說，那就讓留下來的三條龍都瞎著吧。

故事之三

從前有座廟，廟裡有堵牆，白白的好像缺點什麼。廟裡的和尚於是請來畫家張生在這堵牆上畫些東西。

張生就畫了四條龍。到廟裡來的人都說這四條龍畫得真好，可是，為什麼不給四條龍畫上眼睛呢？

張生說，龍最見不得人間的醜惡，要想留下這四條龍，就得讓牠們的眼睛瞎著。大家都認為張生胡說。

張生拿筆到牆前面，給其中的一條龍畫上眼睛。有眼睛的龍四下看看，轟隆一聲，飛走了。

大家高興了，說，沒眼睛就沒眼睛吧。

故事之四

從前有座廟，廟裡有堵牆，白白的好像缺點什麼。廟裡的和尚於是請來畫家張生在這堵牆上畫些東西。

張生就畫了四條龍。到廟裡來的人都說這四條龍畫得真好，可是，為什麼不給四條龍畫上眼睛呢？

張生說，龍是道觀裡的東西，畫了眼睛的龍一看這裡是廟，就會飛走。大家都不相信。

張生拿筆到牆前面，給其中的一條龍畫上眼睛。有眼睛的龍四下看看，轟隆一聲，飛走了。

大家說，那就把這兒換成道觀吧。

故事之五

從前有座廟，廟裡有堵牆，白白的好像缺點什麼。廟裡的和尚於是請來畫家張生在這堵牆上畫些東西。

張生就畫了四條龍。到廟裡來的人都說這四條龍畫得真好，可是，為什麼不給四條龍畫上眼睛呢？

張生嘆了一口氣，拿筆到牆前面，給四條龍畫上眼睛。畫完一條，轟隆一聲，飛走一條。

會餐

音河往東流去。一入秋，水小了，河灘上的柳樹棵子和一綹一綹的灌木禿立著，準備過冬。

太陽在西邊兒地線上還殘著半張紅臉，涼氣就漫開了。牛馬們於是不肯再走半步，硬橛橛地立等著卸套，任憑扶犁杖的人往死裡打。隊長嘆一口氣，說：「回了吧。」牲口知人語，立時就踏起四蹄來，套還沒卸完就掙著要走。人們把晚上炕頭兇老婆的話向牲口罵，牛馬們可就又不懂了，撒開蹄子一直往屯子裡跑去。只在書上認識牛的人絕對想不到牛跑也如飛，脖子前的那片肉一掀一掀的，賽過馬鬃瀟灑。

人們把黑襖的下襬揪緊，胸口卻敞著，拐著腿，抱著鞭，慢慢往屯子裡走，十幾張犁就遺在地頭。太陽已經完全沉下去，涼氣激人。東邊兒地線上升起大圓月亮，微微有些黃。隊長回頭望了，說：「嗬，賽屁股！」大家笑起來，紛紛問：「明天十五咋吃啊？」隊長撒開襖襟兒，手在空中一抓，說：「今年這個八月十五，旗裡規定要好好辦會餐，還要派人到各隊視察，要評比。可他媽錢呢？我計算了，夏天來的幾個知青，旗裡撥了安家費，隊上總算還有點兒現金。多打酒。吃了，冬天隊上若有錢，好歹補上。這話是咱們說，可不能傳到旗裡去。」大家都說：「那是，那是。」一個人說，有錢不如給隊裡置點子挽具什麼的，於是大家都罵他憨，說明天就不許他喝酒。那人哈哈一笑，說倒好，留個醒腦子睡老婆。大家就又笑他，說話間到了屯子裡。

狗們在昏暗中箭一樣躥出來，又箭一樣躥回去，汪汪叫著。孩子們跑出來，手裡捏一點兒餑餑。大人們也不說什麼，憑他們的小髒手抓著後褲襠，往屋裡鑽進去。

隊長路過知青的土房，進了灶間，一掀布簾，到了西屋。男知青們正東倒西歪地在炕上，見了隊長，也不大動。隊長說：「累了，累了，洋學生咋受過這罪？可既來了，不受咋整？說給你們，明天，八月十五，晚上，隊裡會餐，凡勞動力都有一號，你們都算。早起呢，把你們這炕的被臥挪開，用你們的炕，用你們的灶。會寫字畫畫兒的明天把隊部整置整置，鬧得漂漂亮亮的，旗裡有人下來視察。晚上有酒，有肉，有豆腐，有土豆子，有麵餅，撒開肚子吃。女學生們呢？」就起身過到東屋，東屋立時就尖聲尖氣叫成一片。

早上四點多，窗外就有了響動。有人搬來柴火，又吱吱嘎嘎挑來水，在灶間支起木架。知青們睡不成，就都起身，挪開被臥出來，見了支架，問是幹什麼的。師傅們說，做豆腐。知青們新奇了，東一句西一句打聽起來。師傅們自然很得意，指指劃劃地說，並邀知青們漿好了的時候來喝。

天亮了，豬圈叫成一片。兩隻豬被攢蹄扛了來，放倒在草地上。殺豬師傅用膝骨壓在豬身上，豬就亂蹬，用一輩子的力氣叫著。師傅火了，左手一擰豬耳朵，豬叫就又高上一個八度，右手執刀從項下往胸腔斜裡一攮，傷口抖著，血連著沫出來，並不接，只讓它流在地上。女知青們掩了眼，殺豬師傅高興地把刀晃一晃，叫：「你們往後嫁了老公，可不興這麼亂叫亂動！」女知青拾土坷墶丟他，他躲，就勢立起身。隊長來了，見血流在地下，急急地問：「咋不接？」殺豬師傅說：「這早晚兒了也不說肝兒咋個處置，我就不管了。」隊長瞪了眼，說：「肝兒照例不都是給你？你把這血糟蹋了，肝兒也不能給你了！」殺豬師傅把刀一扔，說：「這豬我也不殺了，往年是往年，今年把鬥私批修的話來告訴我，誰知道？」隊長拾了刀，說：「還真應了那話：『死了張屠夫，吃不了混毛豬？』」就去殺另外一口豬。那豬不例外也是死掙，就把隊長的手碰破。殺豬師傅見不好，急忙搶過刀自己殺，把血也接了。隊長胡亂包了手，吩咐說：「肝兒你拿一副吧，那一副炒了給老人們下酒。」殺豬師傅就在豬腳處割開口，用鐵條通上去，再吹進氣，用線縛了，使棒把氣周身打勻，鼓鼓的在熱水裡刮毛，又把肉卸開，腸頭，肚頭弄乾淨，分盆裝了。肉拿進灶間，放在西灶上煮。

東灶上熬著豆漿。熟了，豆腐師傅叫來知青，一人嚐了一碗，都說鮮。大家一邊幫他，一邊看那豆腐怎麼做。原來隊長昨晚早派了工磨了一夜豆子。濾了渣的漿煮了三鍋，都點了滷，凝了，大瓢舀起來倒進粗布裡，粗布就吊在木架上。有人來把渣和濾下來的汁水拿去餵豬。水濾得差不多，四人提了粗布放在一扇大門板上繫好，上面壓了磨盤，豆腐師傅就去洗手。知青問：「好了？」師傅說：「等著吃吧。」幾個知青仍圍了看，不肯相信可以做出豆腐。

日近中午，太陽還是有些辣，地氣蒸上來，師傅們赤了膊，都是一身精白的肉，只是脖臉和手是紅黑的，倒像化了妝的人。地裡的人下午不再出工，紛紛來看，品評著膘肉，吹呼著酒量，打下賭，就手將幾個土豆子丟進灶灰裡，走時扒出來，在手上掂著吃。雞、小豬和狗從早上就轉來轉去。得吃的是狗和雞，豬因是隊上的，總被打跑。可是頑固的也是豬，去了又來，最後把地上的血連土啃下去。孩子們被家裡人嚇唬著，只遠遠地看，不肯散去。有的人捏一塊肉在嘴裡，並不嚼，慢慢走開，孩子跟了去，到遠處，才吐給孩子。

淨肉煮出來，分盛在桶裡。淨肉加了豆腐，在一起煮好，分盛在桶裡。豆腐單加一些蔥再煮，又分盛在桶裡。肉湯煮了土豆子，還是分盛在桶裡。幾十只桶被人提到隊部，出來的人嘴都動著。門口有人把守，攔住閒雜人等。之後是烙餅，再就是湯。酒早已有人買來，擺在桌子中央。

天還沒黑，人們已經聚在隊部外面。勞動力們都很興奮。平日在地裡，天地太大，顯不出什麼，只能默默地做。今日有酒有肉，無異於賽會，都決心有個樣子。各人手裡拿著自家的碗筷，互相敲著，老人們就不高興，說像叫花子。

終於隊長第一個進門了，大家穩住氣跟在他身後。到了屋裡，隊長先讓了屯裡幾個極有聲望的老者和旗裡的視察幹部坐一小桌，其他自便。牆上用紅紙寫了語錄，貼了四張，又畫了工農兵各持武器。大家都說好，都說歷年沒有手畫的畫兒，知識青年來了，到底不一樣。

照例是旗裡的幹部先講話。莊稼人不識字，所以都仔細聽，倒也知道了遙遠的大事。幹部講完了，大家鼓掌，老人們笑著邀幹部坐回去。於是隊長講。隊長先用傷了的手捏一本兒語錄，祝福了。大家於是跟著祝福。隊長說，秋耕已勝利完成，今天就請旗裡來的同志給旗裡帶去喜報。大家要注意增產節約，要想著世上還有三分之二受苦人過不上我們的日子。這會餐，大家要感謝著，不然怎麼會有？雖然——可是——吃吧。

於是提桶上來，啪啪地打瓶蓋兒。隊長給老人們斟酒，老人們顫著手攔，還是滿了。隊長先端起碗來，又祝福了，敬了，再敬了老人們，一氣喝下，大家叫一聲好，都端了碗，只喝一口，急忙伸筷。第一巡菜幾乎沒有嚼就漸見桶底，於是第二巡又上。到第三巡，方才慢下來，說話多起來，而且聲兒大起來。

窗戶上爬滿了孩子們，不動眼珠兒地盯著看，女人們在後面拽不動，罵罵咧咧地走開，聚在門外嘮嗑。

屋裡的人們已在開始吃餅。喝酒的人們把餅掖好，開始鬥雞一樣地划拳，紅了眼。女知青們受不住，邀在一起出來。

湯沒有人動，於是提出去，一勺一勺舀在孩子們的小手裡，孩子們急急地往嘴裡潑，母親們過來指點著他們喝，叱責著。

老人們先出來了。沒有了長輩，屋裡大亂，開始賭起四大碗。知青們出來一個人，與一個壯漢比。於是各喝四大碗，站起，走出來，大家也一擁出來。

空地上早拴好兩匹馬。兩個賭了酒的人各解一匹。知青先上了，別人一鞭，馬便箭一樣出去，一下將那知青遺在地下躺著，眾人都喝彩。壯漢拽著轠繩，卻踏不上鐙。馬轉起來，壯漢就隨牠轉。終於踏著，一翻身上去，用轠繩一抽，馬箭一樣出去，眾人又都喝彩。

女人和孩子們早已湧入屋裡，並不吃，只是兜起衣襟收，桌子上地下，竟一點兒不剩，只留下水跡。於是女人們和孩子們又都出來，與男人們一起等壯漢回來。

不多時，馬回來了，卻不見壯漢在上面。一個女人叫起來，往野地裡尋找，孩子跟著，被母親叱住，讓兜了兩人的菜，先回家去。

月亮照得一地青白。有人嘆了，大家都仰起頭看那月亮。那月亮竟被眾人看得搖搖晃晃，模糊起來。

節日

一

眼看麥子就要熟了，卻不知道大人們從哪裡有了槍。

小龍第一次看見真槍。以往鎮裡有的，是火藥槍，要將黑黑的火藥倒進槍筒。槍藥不能受潮。受潮了，就不能發火。因此要炒。鐵鍋，用炭焙熱了，放到涼的地上，把受潮的槍藥倒在鍋裡，穩穩地拌，有濕氣冒。不冒了，倒出來，就可以了。文化革命前，小榮的爸爸有一次炒槍藥，焙乾了，別人喊他，他偏頭看，藥就炸了。小榮的爸爸從此半邊臉黑著，一隻眼睛像兔眼，一隻耳朵像木耳。

小孩子從此不許看炒槍藥。雞可以，圍著鍋轉來轉去。

小孩子不許跟著上山看打獵，怕被沒有擊中要害的野獸衝著。平鎮的大人很愛護小孩子，有個三長兩短，哭，難過，就都晚了。能想到的，應該先想到。

小孩子可以看槍斃人。平鎮離著縣城近，鎮前有一大片河灘。縣裡判了死刑的犯人，用大卡車拉來，推到河灘上，驗身，跪倒，低頭，等待口令。孩子們把耳朵捂上，還是能聽到很響的槍聲。犯人臥在地上，血流出來。有時候死人還能慢慢地翻身，穿白衣的人走過去，弄弄，死人就不動了。小龍很想知道是怎麼弄的，但是有人把崗，不能過去。

有一次快喊口令了，突然一個犯人站起來就跑。開槍的兵打慣了不動的目標，又總是近放，所以犯人跑，槍竟不響。後面圍觀的人都喔地叫起來。槍響了，沒打中。再響，還打不中。七八條槍紛紛打，犯人已經跑遠了。河灘上的人都笑癲了，沒跑的犯人也笑。喊口令的人帶兩個兵去追，抓回來，忍著笑，槍斃了。這件事後來被傳得各種各樣，小龍只記得那個人跌跌撞撞地跑，因為河灘上盡是大的圓石頭。

所以小龍不是第一次看見真槍，是第一次很近地看見真槍。趁爸爸不注意，摸一下，涼的。

二

試槍的時候，小龍的爸爸要找個目標。小龍的媽媽說，朝天放吧，看打著人。小榮的爸爸說，槍就是打人的。

小榮的爸爸來找小龍的爸爸，說，奶奶的，這回可使著真傢伙了，紅革造那幫子還鬧騰個屁。

小龍的爸爸在褲子上磨著子彈頭，說，聽說，他們也有槍了。

小榮的爸爸說，差得遠，五支隊向著咱們，胡師長，就是挺胖的那個，四二年就是八路，跟上頭通著氣呢。

小龍的爸爸把子彈頭往臉上按了按，說，聽說，他們也有和上邊通氣的人。

小榮的爸爸火了，歪著頭，說，你還是紅造總的人嗎？

小龍的媽媽扶著門框說，拿著槍就別吵了，拿著槍吵什麼？

兩個大人提著槍往外走，左右手換著把袖子挽起來。小龍跟著往外走。

小龍的媽媽叫，你給我回來！

兩個大人嚇了一跳，站住，回頭看。小龍的媽媽過去扯住小龍，說，殺人你還沒瞧夠哇！

兩個大人笑了，走出去。

紅革造是縣裡最先起的造反組織。只三天，大家醒悟過來，於是組織紛立。平鎮離縣城近，被後起的紅造總想到，來發展了組織，又被紅革造也來發展了組織。平鎮往年的大小糾葛，於是有了爭鬥的實力。因為都標明忠於毛主席，所以對立激烈，終於，有了槍。

平鎮的小孩子不許看炒藥，不許上山看打獵，現在，不許找對立組織的大人的小孩子玩耍。但是，紅革造控制平鎮的時候，紅革造的大人的小孩子可以到街上看遊行，看遊街，看用棍子、鏈子打被遊街的紅造總的大人。紅造總控制平鎮的時候，紅造總的大人的小孩子可以到街上看遊行，看遊街，看用棍子、鏈子打被遊街的紅革造的大人。

三

小龍於是覺得沒有意思，瞧瞧雞，看看鳥。望望天，希望聽見槍響。很久很久，還沒有響。

小龍慢慢移到院子的門口，站著。之後，跨出門，站著。之後，靠在門框上，手伸到衣服裡，撓撓背，撓撓肚皮，突然一閃，躥到街上，並沒有聽到媽媽喊，就放心地沿著牆根在沒人的街上走。

街上沒有什麼變化。只是照常的新標語貼在舊標語上，照常的雞在啄紙邊的漿糊。小龍跺著腳跑了幾步，雞靜靜躥開，歪著頭看小龍。小龍恨雞沒有叫，就站在牆邊，不讓雞過來。雞呢，頭一抻一抻地踱到街對面，伸開一隻翅膀一條腿，探個懶腰，擻擻羽毛，拉了一攤屎，開始用嘴啄磨胸和背。

小龍用手扮作槍，指著雞，突然，遠遠的傳來槍響。雞渾然地沉浸在啄磨中。小龍很興奮，大喊，小榮，小榮，我爸打真槍呢！

小榮一下就從隔壁的門裡躥出來，小榮的媽媽的喊聲追著，你個小王八羔子，你死給你媽瞧吧，你個小兔崽子，你那個瘋爹，早晚是挨槍的，你跑吧，你個小王八蛋的……

小龍和小榮拚命地跑，街上有了生氣。

四

鎮口立著一棵大槐樹。夏天，樹上垂下許多蠶一樣的蟲子，樹葉叫牠們吃得零零碎碎。槐樹旁有打鐵的棚，裡面有壘起的灶。灶裡的炭被風箱鼓得一明一暗。小孩子最愛看錘子打在燒紅的鐵上時，綻開的火星，直到打鐵的師傅把錘立放在地上，誰也不看，說，息一程子。灶上有火，卻從來不澆水，自有小孩子飛奔回家提水再奔回來。鐵匠喝了誰的水，誰就得意，再打鐵時，就覺得有權利湊近看，反而被鐵匠呵叱。

小榮跑到棚裡，蹲到灶上喘氣。小龍也爬到灶上喘氣。棚裡很久沒有打鐵了，聞著一大股酸味。

小榮說，我媽和我爹幹了一仗，我爹幹了我媽一巴掌。

小龍說，你爹和我爹一起打槍去了，你聽見我爹開的槍了嗎？

小榮說，那是我爹開的！

小龍說，我爹開完了才是你爹開呢！

小榮說，你放屁！

小龍說，你放屁！

忽然背後有人說，你們玩兒哪？

小龍和小榮回頭看，是小芹。小龍和小榮不說話了，小芹爸爸是紅革造的。

小芹的家就在棚後面。小芹靠在門邊，彎起一條腿，用手撣鞋子。又跺了幾下。小龍不說槍的事，小榮也不說，兩個人望著大路從鎮裡伸出去。

小芹說，我媽給我做新鞋了。

小龍偏頭看看，說，新鞋有什麼新鮮的。

小芹說，明天過節了。

小龍一愣，說，過什麼節？

小芹說，兒童節啊。

小榮說，學都不上了，就沒有兒童節了。上學才過兒童節呢。老師說，過節了，就過節了，每年都是。

小芹說，噯，張老師的腿到現在都沒接上，我媽說接不上，就是瘸子了。

小龍說，張光頭？縣裡來的老師打的，打張光頭的時候你們見著了嗎？

小榮說，見到了。

小龍說，我也見著了。比我爹打我還打得結實。

小芹說，過節你們幹什麼呀？

小榮說，我們？一愣，往鎮外一指，說，我們，我們到大渠玩兒，是不是小龍？

小龍高興地說，嗯！過節就得有活動，光穿新鞋算什麼。

小龍和小榮從灶上跳下來，互相摟著往外走。

小芹說，帶我玩兒嗎？

小龍停下來，哼哼著不說話。

小芹說，帶我玩兒吧。我不跟我爹我媽說。

小龍說，行。

小芹說，也帶小良他們玩兒吧。

小榮說，行。可是得聽我們指揮。明天晚上吧，別叫大人知道嘍。

五

吃完飯的時候，小龍的爸爸說，得動真的了，紅革造想霸了伏麥的水。我們說了，水是我們的，沒商量。

小龍的媽媽說，往年說是說，也嚇唬，這有了槍，你今年就別去了吧？

小龍的爸爸不說話，吃了一口菜，嚼得嘎嘣嘎嘣的。

小龍說，媽，明天過節了。

小龍的媽媽說，過什麼節？

小龍說，兒童節呀，小芹今天都穿新鞋了。

小龍說了小芹就後悔了。小龍的爸爸媽媽都喔了一聲。小龍的媽媽說，可不是嘛，那冬天過年的罩褂明天穿一天吧。

六

平鎮的小孩子們悄悄地出到河灘上，只有雞和狗知道。小龍說，大人們還是看得見。小芹說，你們昨天不是說到大渠玩兒嗎？大家就都貓著腰穿過麥地的大渠跑。

傍晚的大渠，東坡頂還有太陽，紅黃紅黃的，西坡涼下來了，草都有了精神。溝底有水，嘩啦嘩啦的。小孩子們嚷著，溝外卻聽不見，小孩子們於是就尖叫，順著坡斜著跑。蟲子飛起來，燕子躥過來躥過去。

月亮在水裡漸漸小了，天黑下來。三四顆大星星亮亮的不動，動的是火螢子。

小芹說，我的電筒子丟了。

小榮說，你還有電筒子？

小芹說，你們不是說打夜仗嗎？我就把電筒子拿來了。丟了可就壞了，我爹我媽就知道了。

大家都很興奮，摸來摸去地找。小良找到了，大家圍過去。

小龍說，怎麼使？

小芹說，這麼一推，就亮。這麼一拉，就不亮了。

小龍說，我看看。拿過來，一推，一道光柱衝出來。小龍喲了一聲，讓光柱射向天空，蟲子在光柱裡變成一道道白。

槍聲響了。

七

小孩子們嚇了一跳，都蹲下來。子彈啾啾的飛過去，細細的光線亮亮地從東拉過西邊。立刻，東邊也有亮線拉過西邊。好一會兒，停下來了。

小龍說，咱們在溝底，打不著咱們。信不信？

小芹哭了，說，回家吧。

小龍說，再試一回。一推，天上又是來來回回的亮線。

小榮說，像打鐵！

小良說，像過年放炮仗！

小孩子們高興了，站起來，小龍再推。

小龍感到有個東西咚地落在坡上，彈起來，他回頭看。他看見陽光炸開，而且，聲音很大。

電筒子高高地飛起來，落到水裡，還亮著。很小的魚在渾渾的紅光裡一下一下啄那塊圓玻璃。

炊煙

老張得了一個閨女。老張說，挺好，就是大了別長得像我，那可嫁不出去了。因此，女兒名美麗，自然姓張。

老張的大學同學都說，叫個美麗，沒什麼不好，就是俗了點。老張你這也是讀過書的人，怎麼不能想個雅點兒的呢？

老張說，俗有什麼不好？實惠。這年頭你還想怎麼著？結結實實的吧。

老張的同學說，結實？那叫礦石好了，叫火成岩，水成岩也成。咱們這行就是學了個結實。

老張在大學讀的地質。

老張疼閨女。

老張抽菸。老張的老婆說，你要想要孩子，就把菸忌了，書上說，大人抽菸，會影響胎兒的基因。老張正抽到了一半兒，馬上扔掉，用腳碾滅，戒了。美麗生出來了，老張買了一包菸。老張的老婆說，你叫美麗從小肺就是黑的嗎？老張淒淒的樣子。老張的老婆說，你抽吧，別在美麗的旁邊兒抽。

美麗是冬天生的。春天了，老張的老婆抱著美麗出來曬太陽。起風了，老張說，還不回去，看吹著。老張的老婆說，不曬太陽，美麗吃的鈣根本就吸收不了。老張說，那就屋裡窗戶邊兒上曬嘛。老張的老婆說，紫外線透不過玻璃，人體吸收鈣，靠的就是個紫外線，隔著玻璃，還不是白曬。老張說，那就等風停了。

老張瞧著老婆給美麗餵奶。老張的老婆書也念得不少，瞧老張老盯著，說，還沒瞧夠呀，又不是沒瞧過。老張說，誰瞧你了，我是怕美麗吃不飽。倆人都笑了，美麗換過一口氣，也笑了。

秋天了，美麗大了點兒，手會指東西，指媽媽，指爸爸，還會抓耳朵，抓媽媽的頭發，抓爸爸的鼻子。

有一天，老張的老婆抱著美麗，老張在旁邊擠眉弄眼，逗得美麗嘎嘎樂，兩隻小手搧著。老張的老婆把美麗湊到老張的臉前，美麗的手就伸進爸爸的嘴裡。說時遲，那時快，老張抬手就是一掌，把母女兩個打了個趔趄。老張在地質隊，天天握探錘打石頭，手上總有百來斤的力氣。老張的老婆沒有提防，就跌倒了。到底是母親，著地的關頭，一扭身仰著將美麗抓在胸口。

美麗大哭。老張的老婆腦後淌出血來，從來沒有罵過人的人，罵人了，老張的老婆罵老張。

老張呆了，渾身哆嗦著，喘不出氣來，汗從頭上淌進領子裡。

老張進了醫院，兩天一夜，才說出話來——

六〇年，鬧飢荒，餓死人，全國都鬧，除了雲南。那年，我畢業實習，進山找礦。

後來，我迷路了。有指南針，沒用。我餓，我餓呀。慌，心慌，一慌就急。

本來還會想，這下完了。一直就吃不夠，體力差，肝裡的糖說耗完就耗完。後來就出汗，後來汗也不出了。什麼也不敢想，用腦子最消耗熱量了。躺著。胃裡冒酸水兒，殺得牙軟。

後來，從肚子開始發熱，腳心，脖子，指頭尖兒，越來越燙。安徒生不是寫過個賣火柴的小女孩兒嗎？這個丹麥的老東西，他寫得對。人餓死前，就是發熱，熱過了，就是死。

我沒死。死了怎麼還能跟你結婚？怎麼還能有美麗？

我醒的時候，好半天才看得清東西。我瞧見遠處有煙。當時，我只有一個念頭兒，燒飯才會有煙。爬吧。

就別說怎麼才爬到了吧。到了，是個人家。我趴在門口說，救個命吧，給口吃的吧。沒人應。對，可能我的聲音太小。我進去了。

灶前頭靠著個人瘦得牙齜著，眼睛亮得嚇人。我說，給口吃的。那人半天才搖搖頭。我說，你就是我爺爺，祖宗，給口吃的吧。那人還是搖頭。我說，你是說沒有嗎？那你這灶上燒的什麼？喝口熱水也行啊。那人眼淚就流下來了。

我不管了，伸手就把鍋蓋揭了。水氣散了，我看見了，鍋裡煮著個小孩兒的手。

傻子

北京的傻子不多，多還成個什麼世界？可也不少，少怎麼會差不多各處都有那麼一兩個？

我在北京搬過五次家。每回收拾停當，洗洗手，就到街門口站那麼一會兒，看看。看什麼呢？不知道。既到了一個新地方，總要看看。看什麼不要緊，住在了這條街這條胡同，用眼睛和它們打打招呼。

自然街上有人來往，男的女的，老的少的。其實哪兒也是男女老少，於是就用眼睛挑著看。直到看見一個人身上髒得不正常，眼神而不對頭，走起來像——像什麼呢？什麼也不像，就像他自己，心裡踏實了：這個地方也有傻子。

見的傻子多了，心裡就給他們分了等兒。不是傻的程度，而是身上乾淨的程度。有的傻子，四季一身兒衣裳，髒得賽鐵，皮肉也見不著原色。我第二次搬去的地方，住到第三年，忽然發現來了一個新傻子。仔細一看，不是，還是原來那個，只是不知誰給他洗了一個澡，那皮膚鮮嫩得賽桃。第二等的傻子是有四季衣服，但髒是第一等的。第三等是不太髒，有四季衣服，但是舊。第四等是衣服皮肉與常人一樣，只剩下一個傻。

這四個等級的傻子走在街上，實在是有傻子的家的四等旗幟。家長里短不必說，那常有雙方的原因，是兩個變數。而對傻子，就只有了家人這個變數，傻子是個常量，因此站在街上解傻子的家人這道題就容易了，那答案就是傻子的等級。

夫妻恩愛，終於生下一個孩子來，歡喜不盡，老人們也樂樂呵呵，覺得日子不那麼寂寞。可萬一生下來是個傻子，就不大妙。父母家人縱然百般撫愛，可傻兒愣愣磕磕，咿咿呀呀，不甚知覺，大人們終究不是滋味兒。也許就生出百般嫌隙，諸種不和，終於是傻兒倒楣。傻兒又不懂得倒楣，於是那些不能自持的人就愈發過分，最後掛出去一面一等劣旗，告諭街坊四鄰。

我第五次的搬家，是在一條不小的街上。幾天了，卻還沒有發現一個傻子，心裡就有些不舒服。自己想想也好笑，大約成癖了。於是上班就和對面的老李說起來。老李聽了，笑一笑，用手撫一撫稀了的頭髮，說：「你太認真。各家有各家的事兒，哪兒就什麼道德不道德的？」我知道老李有一個極漂亮的女兒小雯兒，常來單位走動，於是不再說什麼。

臨到下班，老李慢慢地對我說：「怎麼樣？上我那兒喝點兒去？」我到這個單位幾年，很敬重老李，單位的人也都認為老李厚道，沒有人前人後的事。我敬重老李，是他寫得一手好顏體，很像他的人，輪廓線略略向外弓，敦敦實實。北京新開張了許多小鋪子，有講究的，就請老李給寫個匾額。老李都是盡心寫好，樂呵呵地自己送去。店家自然是請老李吃飯，於是老李就常邀我一同去，一是因我略有一點量，二是我也好字，聊得開。

老李有些量，喝到酣時，便額頂滲出光來，紅紅的細眼愈加和善。高興了，就蘸著酒在桌面上寫字講給我聽。我喜歡寫字，但大名家請教不到，只是買一些帖來慢慢地臨，並且細細地看那帖前前後後的說明。老李常不以為然，說：「最誤人的就是這些說明。字，就是一個寫。你瞧著這字好，照著寫上半年，一天別落。什麼時候自己看著像了，就默寫。默寫像了，就破格兒。天分，就全在這破格兒上。若破不了格兒，只要寫著像，也就行了。」一到老李喝了酒，他便說些更讓你覺得又對又不對的字經。比如，我評他哪次的匾額寫得如何如何，他先注意聽。聽完了，用手撫一撫頂，笑一笑，細細地呷一口酒，說：「是啊。其實這個字，就像人。不是說字如其人的那個像，而是體面。人都要體面，字就是人的一面旗。這旗要漂亮、體面。骨力？寫出骨力自然高。可一個匾，三教九流，人來人往，誰看骨力呢？其實就是看個順眼。這街上的人，你看他什麼？婦女們，看她一身兒衣裳順不順。一個人骨架再好，衣裳七長八短，終是不順眼。骨架好，可穿個雞腿褲，刀螂似地在街上走，變成字，能上匾嗎？寫字就是寫衣。」我覺得有點酒上頭，亂不清楚老李的道理，就說：「照您說，各體的字，就是衣裳不同了？」老李微微一笑：「可不？就像衣裳有長袍馬褂，有西服革履，有中山裝，有工作服。」我說：「那這字不就媚俗了？不就是為騙騙眼睛？我就不信羅鍋能穿出衣裳樣兒來。骨力不在，衣裳白搭。」老李說：「那你說我的字架子怎麼樣呢？」我說：「當然好。」老李說：「可我寫到這份兒上，寫的是衣，不是架。說字如其人，那人歪，字就不能正。可嚴嵩的字怎麼說呢？蔡京的字怎麼說呢？」我說：「做人有做人的準則，寫字有寫字的規矩。人寫字，按的是寫字的規矩，倒不能說是寫怎麼做人。」老李說：「所以寫字是寫體面。」我發現一喝酒論字，就被老李繞了。再要辯時，老李是寬厚之人，自然不與我爭。

現在，老李請我去他家裡喝酒，這倒是第一次，我很有興趣，下了班，就騎車隨他一起走。迎著太陽騎了半天，終於到了。老李的家在臨街的一個院子裡。院子不特別大，住戶不少。正是做飯的時候，院當中的水管子下幾個婦女在洗洗弄弄，見了老李，都熟熟地打著招呼。老李看她們手上弄什麼，就問悶飯哪？吃蒜苗？一路往院子裡走。院兒裡各屋又進進出出一些大人小孩，見了老李，前前後後招呼，老李就「回來了、回來了」地應著，進到北屋。

老李的北屋是這個院子裡最體面的房。雖然院子裡高高低低蓋了一些磚棚，北屋還是維持著昔日四合院兒上房的體面，乾乾淨淨，沒有絲毫的累贅。見慣了北京的院子裡的擁擠與雜亂，你會以為老李的北屋是國家保護著的一級文物，心裡忽然地敬重與舒服起來，覺得假如自己能有這樣體面的房子，就是人口再擠，也是捨不得再續蓋個什麼矮棚。

聽見老李的說話聲兒，老李的愛人早到了屋門口迎著，給老李向外推開門，向我笑著。老李說：「有客。」老李的愛人就更笑著向我說：「來啦？」我趕忙站住，半躬不躬地動一動上身，也笑著說：「啊，您好哇？」老李的愛人說：「快進來吧！好，好。」

屋裡更是素雅。牆有些黃，但絕沒有灰塵。大方磚漫地，暗暗的襯著屋裡沉靜。一張大漆有些殘的條案上有兩個膽瓶，彩繪著群仙祝壽，麒麟送子，清末的格式。膽瓶裡插一個奇大的雞毛撣子，油亮蓬鬆，還插著幾個字軸。條案中央一架玻璃罩的座鐘，羅馬數字標一圈兒鐘點。座鐘旁邊大概是一架小電視機，套著古銅色的燈芯絨罩。條案兩邊有一大一小的兩個沙發。大沙發上懸一軸字，字漂亮瀟灑。我看了看老李，老李笑一笑。老李的愛人打來水，擰了一把手巾，老李先讓我擦，推讓了一下，溫溫的拿過來擦了臉，謝著遞給老李的愛人。老李的愛人在屋裡走動著，既不奪鐘，不奪膽瓶，也不奪字，但與這些東西是平級的，顯得那麼穩實、安靜，似乎是顏體的賢慧二字，透著體面。老李和她一句一句地商量著，我才聽出原來今天是相姑爺。

老李的愛人張羅去了。老李安安穩穩地坐下來，撫一撫頂，說：「今天小雯兒的朋友來。我拉著你，為的是幫著看看。我們的眼光老了，看不大出現今的年輕人，不要挑了一個人，街坊四鄰的看著那個。」我有點緊張，怕萬一看不出，誤了李家的大事。每天面對面坐著，老李還有幾年才退休，搞砸了怎麼處？

說話間，天暗下來，老李開了燈，一圈兒的亮，更顯得屋裡乾淨。不多時，小雯兒來了，後面跟著一個小夥子。小雯兒一見我，說：「喲！您來啦？」老李和他愛人的四隻眼睛不鬆不緊地看著那個小夥子，我不敢怠慢，應了小雯兒，也急忙去看小夥子。小雯兒介紹說：「這是嚴行，我們那兒的同事。」我們三個人一齊笑出來點頭。嚴行很客氣，被老李的愛人讓到小沙發上坐著，一邊應酬著，一邊四面看。小雯兒沏來了茶，端給嚴行一盅。嚴行笑一笑接了，說：「客氣什麼？」趁這工夫兒，老李兩口子上上下下地看兩個人。

老李的愛人站起來說：「洗洗手，吃飯吧？」小雯兒一拍巴掌：「好！今兒吃什麼，媽？」老李的愛人笑著說：「端上來就知道了。」大家擺好桌子，老李拉我在他旁邊兒坐下。小雯兒和嚴行坐在一起，急著忙著就給嚴行夾菜。老李說：「小嚴，來，喝一點兒。」嚴行很客氣地靜靜看老李給我和他斟上酒。老李自己也斟了，把杯端起來。

我看看老李的愛人還不來，就轉身找，見她拿著一碗蓋了幾樣菜的飯進來，就招呼她說：「您來呀？」老李的愛人笑著搖搖頭，說：「你們喝吧。」一掀牆上的一個大布簾，撥了一聲銷子，推一扇門進去了，布簾晃了晃又遮在那裡，我回頭對老李說：「你們家還這麼大規矩？女人不上席？叫你愛人一塊來呀！」老李很和善地瞧瞧我，略舉舉杯，說：「喝。」大家都呷了一口。

菜很多，而且好，在燈光底下紅紅綠綠的讓人覺得酒的滋味很大。我卻忽然覺得讓老李的愛人一個人在裡屋吃，實在不過意，就站起來要去請。老李一把按住我：「坐下，坐下，她一會兒就完。」我有點兒不舒服，看看小雯兒，剛要說，嚴行忽然問：「這幅字是誰寫的？」小雯兒在我站起來的一剎那，把頭低下去，這時抬起頭來，很高興地說：「我爸。」嚴行紅了一下兒臉，說：「寫得真好。」老李笑眯眯地呷了一口酒，嘴唇亮亮地說：「唉，寫了不少年了。」小雯兒說：「咱們單位旁邊的那個飯館兒，招牌就是我爸寫的。」嚴行「喲」了一聲，看看老李，老李抬抬筷子，說：「吃，吃。」小雯兒高高興興地又說出幾處地方的匾額也是她爸寫的。嚴行愈發敬重地看著老李。老李用杯子朝我比了比，說：「讓咱們這位給評評。」我半開玩笑地說：「穿衣服的理論我可不會評。」小雯兒搖晃著兩隻手說：「我評，我評，我會評我爸的字。」嚴行說：「你會評什麼？給我留個條兒，都認不得你的字。」小雯兒委屈地把筷子頭兒銜在嘴裡，扭一下兒身子說：「人家那是草書，你懂個屁！」嚴行說：「那趕明兒我等錯了地方兒，你可別怨我。」大家轟地笑起來。

我忽然覺得背後門一響，急忙回頭，只見老李的愛人一團喜氣，拿著碗筷從裡屋出來，看見我們笑，說：「什麼事兒？看高興的！」我說：「您再來喝點兒！」老李的愛人說：「就來，就來！」

老李的愛人出去放了碗筷，進來走到燈影裡，看看菜，說：「快吃呀！做的不好吧？」我和嚴行忙說：「好，好！」老李的愛人坐下了，我給她斟酒，她用手推攔著，說：「喝不了，行了，行了」之後，在燈光下抬起臉，笑眯眯地看著小雯兒和嚴行。我覺得酒暖烘烘地在身子裡漫開，就往後靠在椅背兒上，說：「老李，你這日子！這樣的住房條件，老伴兒這麼賢慧，你寫得一手好字，小雯兒也快了，真是——」

就在這時，裡屋的門響了一下，我分明看到老李的愛人哆嗦了一下，眼睛淒淒地看著老李。老李的細眼裡閃過一道光，額角兒騰騰地跳了兩下。我回過身兒去，只見門簾掀開一些，一張臉向燈下的人們望著。不用再多看，我明白了，這是一個傻子。

我聽見旁邊兒老李低而快地說：「怎麼不插門？」我回過身來，見老李的愛人慌亂地看著大家。老李頓了一下酒杯，她才醒悟過來，站起身走過去。小雯兒的臉在燈下白得不成樣子，愣著眼兒看著嚴行。嚴行沒有表情，靜靜地注視著老李的愛人走過去處置傻子。

小雯兒忽然湧出淚水，很快地站起來，也進到裡屋。老李笑得很勉強，說：「喝，喝！」嚴行沒有動。我端起酒杯，覺得杯裡是水，吸了一口，辣極了。猛聽得裡屋老李的愛人大聲地說：「小雯兒！這是你兄弟！」

老李控制著聲兒說：「小雯兒呀！」

小雯兒眼睛紅紅地出來，慢慢坐下。嚴行看著她，問：「怎麼了？」小雯兒說：「都是他！」嚴行說：「怎麼都是他？」小雯兒不說話。

我問老李：「你還有個兒子？」老李垂下眼睛，輕輕地嘆了一口氣。我到單位幾年，從來沒有聽說老李還有個兒子。小雯兒每回到單位來，嘰嘰喳喳的，大家都喜歡她。老李很高興，笑瞇瞇地看小雯兒在辦公室裡轉來轉去。

小雯兒這時恨恨地擦一下眼睛，說：「我媽真是的，老忘插這個門，爸跟她說多少回了，就是記不住。沒人來，到正屋轉轉倒沒什麼。上回，都到院兒裡去了，要不是我回來，他就上街了，像什麼話！」

我說：「他多大了？」小雯兒看一眼裡屋門：「哼！都二十六了！」

又看看老李，老李正看自己那幅字，身架塌下來。嚴行說：「喝，伯父，喝。」老李回過身兒來，臉上暗暗的，夾了一筷子菜，放到嘴裡慢慢嚼著，嚥了，又呷一日酒，額上跳了一下兒，臉忽然鬆下來，說：「反正是早晚的事兒，跟他媽自己過不去幹嘛？」搓一搓手，招呼著：「喝，喝。」又站起來，進到裡屋，半天，和愛人出來。老李的愛人眼睛紅紅的，走到燈影兒裡，又笑著說：「吃呀。」我說：「您快吃吧，看忙了這半天了。」

小雯兒每樣菜又都給嚴行夾了一些，嚴行不看她。小雯兒定定地看著嚴行，忽然低下頭去。老李的愛人有點兒不自在，舉著筷子，不知再給嚴行夾什麼好。老李卻一臉寬鬆，不看別人，只與我講字經。我覺得這話題太冷落別人，又不能不應付著，忽然開個玩笑說：「老李，你字寫到這份兒上，來個晚年變法，怎麼樣？」老李停住正在自斟的瓶子，笑出聲兒來：「好哇！我正琢磨著呢，只怕——」嚴行忽然說：「我趕明兒跟您學字吧。」老李兩口子一下子高興起來。老李給嚴行斟上酒，額頭又滲出光來，把筷子做筆豎捏著，在空中虛繞繞，說：「這寫字，第一要骨力。人看字，看什麼呢？就是看個骨力。你要學字，學顏體。顏體不易取巧，非要心寬心正，不能寫好。先找多寶塔、東方畫贊臨著。寫好了，再看看魯公的麻姑、告身，得了氣體，再看與夫人帖、鹿脯、爭座位、放生池，漂亮，正，不俗不媚。再看裴將軍，絕！字如其——」老李忽然發覺我在笑，就酒遮臉，對我說：「不對？」我連忙點頭。

酒喝罷了，吃飯、吃菜。老李的愛人又端來一盆湯，熱氣升起來，裹了燈泡，一個屋子顯得暖洋洋的，大家說說笑笑。

吃罷了飯，又喝了茶，看看晚了，我站起來告辭，嚴行也說回去了，於是老李兩口子和小雯兒送出來。老李兩口子一迭聲兒地讓嚴行常來，小雯兒不說話。嚴行答應著，剛要走，忽然站住，說：「小雯兒，不送送我嗎？」小雯兒一下兒跳下台階兒，可著嗓子叫了一聲兒：「哎——」老李呵呵笑著，用手撫一撫頂，和愛人在門口站了許久。

臥鋪

我長到快三十歲，火車倒是很坐過一些回，卻沒有睡過臥鋪。十八歲時，去雲南插隊。十年之間，來來回回都坐硬座，三天四夜下來，常常是腿腫著挪下車。因為錢要自己出，就捨不得破費去買那一個躺。

後來我調回北京，分到一個常與各省有聯繫的大單位。一年多之後，終於被很信任地派去南方出差，自然要坐火車，既然可以報銷，便買了臥鋪。

心跳著進了臥鋪車廂。嗬，像現代化養雞場，一格一格的，三層到頂。我是中鋪，尋著後，蹬了鞋，一縱身，躺下了。鋪短，腿屈著。爬起來，頭衝裡，腳又出去一塊。我覺著鬧清楚了，就下去找鞋。一隻鞋又叫過往的人蹚了。蹦躂著找齊兩隻鞋穿上，坐在下鋪。

下鋪是一個兵，頭剃得挺高，脖子和臉一般粗，衝我笑笑，問：「你到哪兒？」「你」說成「嫩」，河南人。對面下鋪一位老者聽說我去南方，就說：「南方還暖和，北邊兒眼瞅著冷啦。您瞧這位同志，都用上大衣了。」河南兵一笑，說：「部隊上發了絨衣褲兒，俺回家探親，先領了大衣，神氣神氣。」

開車鈴聲響了。呆了一會兒，又慢慢來了一個挺年輕的姑娘。

那姑娘拉平了聲兒說：「誰的？別放在人家這裡行不行？」我把提包放在我對面的中鋪上了，於是趕緊提下來，說：「對不起，忘了忘了。」姑娘借著窗玻璃，理了一下頭髮，脫掉半高跟兒鞋，上了中鋪，打開書包，取出一本兒書，立刻就看進去了。我遠遠望那紙面，字條兒窄窄的，怕是詩。河南兵坐得很直，手捏成拳頭放在膝上，臉紅紅地對我說：「學文化哩！」

我點起一支菸。煙慢慢浮上去，散開。姑娘用手挺快地在臉前揮了揮，眉頭皺起來，側身兒向裡，仍舊看書。河南兵對我說：「你不抽菸不中？」我學著他的音兒：「中。」把菸熄了。

車開了。那老者把包放在枕頭裡邊，拉了毯子在身上睡下。河南兵仍舊坐得很直，我正想說什麼，就聽車廂過道口鬧起來。河南兵伸出頭去，說：「敢是俺的戰友兒看俺來？」就站起來。我隨他過去，見幾個兵正跟乘務員在吵，看見河南兵，就一起說：「那不？就是他，俺們還騙你來？」乘務員說：「不能到臥鋪亂串。要來，一個一個地來。」那些兵就服從了。一個很敦實的兵走過來，說：「俺先來，五分鐘一換。」

他們這一吵，驚動了臥鋪車廂的人，上上下下伸出頭來，睜著眼問：「怎麼了？」那個結實兵一邊走一邊揮著手，說：「沒啥，沒啥。俺們到俺們戰友兒這兒來看看臥鋪是個啥樣子。」大家笑起來，上上下下又都縮回去。

回到鋪位，我問：「就買了一張臥鋪？給報銷？」河南兵紅了臉。結實兵粗聲大氣地說：「俺這位戰友兒的娘才有意思來！住在鐵路邊兒，坐過幾回火車兒，就是不知道臥鋪是個啥樣子，來信問他當了兵可是能坐臥鋪兒？俺這位戰友兒這回回家，硬是借了錢買了一張臥鋪票兒坐，回去給娘學說。俺們講好沾個光，也來望望，回去也給俺們家裡人學說，顯得俺們見過世面哩。」說到這裡，中鋪的姑娘扭動了一下，仍舊看書。河南兵趕忙說：「你小聲兒說話不中？這臥鋪裡的人淨是學文化的，看驚動了。」結實兵這才發覺中鋪躺著一個姑娘，笑著打了河南兵一拳：「你小子坐臥鋪兒不說，還守著個姑娘睡覺，看美得你！二天俺也買臥鋪受受。」姑娘使勁動了一下。河南兵臊紅了臉，說：「俺正捉摸著不好睡哩。你不敢亂說！」結實兵很高興地回去了。其他的兵一個一個地來，都很仔細地瞧那個姑娘的背影，倒不象是看臥鋪來的。

參觀完了，河南兵顯得挺累，嘆一口氣，從挎包裡摸出一個果子，遞給我說：「你吃。」我急忙也拿出一個果子說：「我有。」推讓了一會兒，互相拿了對方的果子。我拿出一把雲南的瀾滄刀削起皮來。河南兵把果子用手抹了抹，一口下去，臉上鼓起一大塊，嗚嗚地嚼著說：「你這刀中，殺得人。」我嚇了一跳，說：「人殺不得，這是獵刀。」河南兵接過去，摸著刀面上的長圓槽，說：「這不是血槽兒？扎到身子里，放血，出氣，好拔出來。」我要過來，指著槽前邊兒的一個小梅花蕊子：「這是放毒藥的地方，捅了野獸，立時三刻就完。」河南兵又取過去，仔細看了，搖搖頭：「鋼火比不得俺們部隊上的。」我問：「你有？」河南兵笑著不答話。

有閒沒鹽地聊了半天，都說睡覺吧。河南兵扯出軍大衣，問我：「你蓋？」我說：「鋪上有毯子。」

上了中鋪，我看那邊的姑娘已不再讀書，蜷起身子睡著，瞄了瞄老者，正是香甜的時候。我頭衝窗子躺下，感到十分舒服，覺著車頂上的燈好堂皇呢！

這一夜，卻睡得不踏實。車一到換軌處，吱吱嘎嘎，搖搖晃晃。拐彎兒的時候，身子要從鋪上滑下來，竟驚出一身涼汗，差點叫出聲兒來。後半夜，裹緊了毯子，真有點冷。朦朦朧朧，一覺到天明。

一清早，正迷迷糊糊享受著臥鋪，忽然被一聲喊叫嚇了一跳：「這是誰的呀？這麼大味兒！」我連忙扭頭去看。只見那個姑娘半撐著身子，用拇指和食指拈起一件大衣的布領子，往外拽著。

車廂的人聞聲過來好幾個，睜著眼看那姑娘。姑娘說：「多髒的東西，扔在我身上，你們聞聞！」那老者躺在下鋪，立屈著腿，不動彈，卻說：「姑娘家說話好聽點兒！半夜看你冷，替你蓋了，怎麼就髒了你？總比凍著強吧？」河南兵從底下冒出來，後脖子也是紅的，說：「醒啦？大衣是俺的哩。」看熱鬧的人都笑起來，散回去。

我下到下鋪，穿上鞋，河南兵也不看我，只是用手疊他的士兵大衣。放在枕頭上，又抻，又抹。我笑著說：「你的大衣有什麼味兒？」河南兵也不回頭，說：「咋會來？許是他們借穿照相？那麼一小會兒，不會串上味兒來！」

我抬頭看了看姑娘，姑娘低了頭，僵坐在中鋪。女子早上沒有梳洗大約是最難看的時候。

老者不說話，只用手輕輕拍著膝蓋，嘬起下嘴唇兒。

我待不自在，就拿了洗漱用具到水池去。回來一看，三個人還在那裡。老者見我回來了，問：「人還多嗎？」我說：「差不多了。」

我問河南兵：「你不洗洗？」河南兵這才抬起頭來：「俺不洗了，俺快到了。」我說：「擦一把吧，到了家，總不能灰著臉。」河南兵笑著說：「到了家，痛痛快快用熱水洗，娘高興哩。」我說：「也不能叫老婆看個累贅相呀。」河南後說：「哪兒來老婆？還不知相得中相不中哩！」我說：「當了兵，還不是有姑娘相跟著？」河南兵說：「咋說哩！俺借錢坐臥鋪兒，東西買少了，怕是人家不願意哩！」老者笑著說：「將來當了軍官，怕啥？」河南兵看了看姑娘：「軍官得有文化哩。」

姑娘正慢慢下來，歪著腰提上鞋，拿了手巾口缸去了。半天回來，低頭坐在下鋪，不再看書。老者問她到哪兒，她藉答話，看了一眼河南兵，又低下頭去。河南兵掏出果子讓大家吃。我把到手的一個轉給姑娘。姑娘接了，卻放在手裡並不吃。我問河南兵：「你的刀呢？」河南兵以為是說昨天的事，就說：「武器離了部隊就收，不方便哩。」老者扭臉對姑娘說：「洗洗吃吧，不髒。」姑娘更埋了頭，我趕忙把我的刀遞過去。姑娘接了，拿在手裡慢慢地削。削好，又切成幾瓣兒，抬起頭，朝大家笑一笑，慢慢地小口兒小口兒吃起來。

樹椿

街的東首一有陽光，便會長出矮矮的一截樹椿。趕街的年輕人們並不奇怪在意，說笑著過去。山中來的男女揹了多半人高的短柴，麻帶縛住頭頂，不便巡視，也快快地過去。那樹椿冒出一股煙子，有老人見了，背著手立下，啞啞地問一聲：「可吃了飯了？」樹椿點點頭，虛虛笑一笑，以問作答，再不言語，慢慢看人趕路。

樹椿無姓，亦無名，人只喚大爹，年輕時認不得，只知現時是如此。樹椿多少年紀？認不得，只聽街中老幼皆呼大爹，爹爹相加，又爹爹相減，算不清輩分，只認得老。老，笑是慢慢地笑，菸是慢慢地吃，手慢慢舉起來，慢慢抹一把臉，幾幾乎透明的枯肉又慢慢復位。大城市的人偶然路過這個街子，由西往東，看看瞧瞧，摸摸問問，興味無窮；正欲折返，就看見大爹，心中一顫，胸口不舒服小半日；倘由東逛進來，就一條街顯得沉沉的，雖贊古風猶存，終覺黯然，嘆一兩口氣離去。大爹竟如一段無字殘碑，讓人讀這條街子。

街子極老極舊，鋪面雖寬，進身卻窄，僅容一個扁扁的貨架，擺一些「金沙江」、「紅纓」，間或有錫紙的「春城」，並不常見吃菸的人買，錫紙上於是有一層灰。也有鋪子賣些針線百貨，鮮鮮的更顯著門板舊。這街面據說宋時就如此，不敢信，又不由不信。沿街兩排黑黑的瓦頂，縫中長一叢一叢的蘭草。蘭花開時，一街都是王者香氣。城市來的人又嘆了，如何自家「文窗清供」的陶盆裡，總也養不出這種興旺？街又極狹，挑擔子的人橫著換肩，扁擔便搗著兩面的鋪板。街中有細石條條相連，兩旁又有尺寬的淺溝，一條街的污水便順著流出去，有雨時清，無雨時濁。山寨裡的漢子們揹了柴、獵物、藥材來街上賣了，錢燒手，就鑽進極小的酒店裡買酒吃。吃來吃去，便醉了，於是滾在尺寬的溝裡醒酒，之後又吃，摸摸錢沒得了，才一身泥水，跌跌地趕路回去。

這街子其實是在重重大山之下，滇人稱為壩子的谷地中。滇中凡大地方，例如昆明、大理、楚雄，無非是所在之處平地廣闊，卻仍然是萬山之中的壩子。這條街所在的壩子實在小，站在街首，便可見到四面的高山，有如在城市的小巷子裡看近旁的高樓。但既是平地，就是川流匯聚之地，就是小小的經濟文化中心。經濟，無非是柴米土產，些微百貨。文化，卻一言難盡。

相傳三國時諸葛亮入滇擒孟獲，率軍路過這條街子，時正深夜，人困馬乏。孔明於昏暗之中瞥見一扇門上貼有字紙，心中奇怪，下車看了，不想卻是一副對聯。上聯是：君子豹變小人革面；下聯是：小人用壯君子用罔。還有横批：惠心勿問。孔明心下一驚，想這蠻夷之地，如何有這等異人？此聯直取易經革卦與大壯卦，一凶一吉，說的卻是制人之道，且與心中制夷之策正合，欲尋戶主請教，見四面都是高山，恐中了計，直向前走了。待事後派人尋訪，聯也不見，人亦不見。傳說到底是傳說，卻不無根據。這街子上每逢舊曆新年，對聯中常有異詞，懂得的人說，用典用詞都極古。問那戶主，常常不知道，只說是老輩如此寫，後世傳摹，無非討個吉利。還有對聯用碗底蓋上墨印，說是取「人口平安，肥豬滿圈」的意思，倒也風趣可愛。

街上只有小學一所，出來的學生，常常就考上縣裡中學，更有考上省裡大學，之後他鄉用武，十年八載不回來。若有本街的人在外出了什麼功績，天知道怎麼就會傳回來，一街人都知道，說與過路人，過路人若遲疑，便會落個孤陋寡聞的名聲，街子上的人照樣得意。

然而這條街子上最得意的是出有名的對歌手。滇中多山，常常人走比肩，卻拉不起手來，原來當中隔一道深谷。若要匯在一起，非繞半日不能。人在山中走悶了，遇見人自然歡喜，於是要聊。無奈扯起嗓子對嚷，一是不能持久，二是近乎爭嘴，少趣味。於是就唱，有腔有調，話也說了，乏也解了。又有男女隔谷碰見，少不了戲謔調情，那意指在城裡人聽來過於猥褻，可詞卻是風趣巧妙，令人忍俊不禁。好在話不妨說得放一些，手卻亂動不成。嬉笑過後，各自轉過山去誰也見不到誰。曾有個漢子，沒有唱贏一個女子，被那女子一路走一路唱她的得意，竟使方圓百里都知道這個漢子輸了，再也沒得女子肯嫁他。漢子沒有辦法，失了精神，整日咦咦喂喂地瘋唱，後來失足跌殘。那女子知道了，自覺過分，就來嫁了這殘夫，盡日對唱。據說無數好歌，從此流傳開來。現代又有一個寫電影插曲的人，來搜集了去，竟一個中國唱遍。

這個街子雖小，以往每年三月卻有一次盛會。各鄉歌手都來聚在四面山上，你唱了我唱，我唱了他唱，最後贏出一個高手。高手極為榮耀，各寨請去，圍了柴火唱，通宵達旦，如醉如癡。日後高手在山裡走動，沒有不認識的，沒有辦不成的事，風流勾當自不必說。

這街子的男女老幼，若不會歌，就被恥為殘疾，如啞子般，不得樂趣，處世也難。

只可惜這歌子忽然斷了，成為「四舊」，代之以全國唱什麼，街子裡唱什麼。小學裡學生上音樂課，街上人聽了，都嘆息太淡太直，如何就能成歌？那教音樂的先生，竟被認為是街中第一沒本事的人。日子一天天過去，這個街子竟失了自己的歌。偶有人不自禁，唱一兩句，覺省到了，張嘴僵在那裡，看看沒人，才慌慌地舔一舔嘴。

街子啞了歌聲，山裡卻還有。山裡野唱一陣，哪個認得？認得了，就是趕去，又如何找得著人？有負責的人在會上斥責了，百姓在下裝聾作啞，倒像是聽什麼天外之事，不了了之。

賽歌會不再有，自然高手空了如許年。

不料忽然傳來消息：昆明有人又唱了，而且成千上萬人在一起唱，還要對，很是熱鬧。歌子的解禁之令並無明文行下來，但其他諸事慢慢都許做，自然百姓明白，這歌子也可以唱了。

街子裡鬧鬧地說了半月，就到了舊時賽歌的這一天。街子決心復得往日的殊榮，自然操辦了一下。一傳十，十傳百，天知道竟百里之內無人不曉，近萬數趕了來，坐滿四面山上，哄哄的像起雷。縣上專區都來了幹部，在街口置幾張桌，放一排缸子，擺一溜坐頭，真正一個大會。

先由街上出人唱了，一曲剛了，對面山中人就起了對，漫聲過來，萬顆人頭立刻又都擺過去。街上人不服氣，又作出對，歌聲才落，對方又逼過來。人頭擺來擺去，漸漸熱烈起來。

唱著唱著，卻發現有些奇妙，原來盡是四十多歲的人起歌對歌，年輕人只聽只笑只嚷只拍掌，卻不會唱；有略會的，自知詞不多不妙，不敢起對，怕在萬人前失了面子。專區來的一個老文化幹部就嘆了，說自己三四十年前在此趕這個會，曾聽到一個男子極是會唱，敵了無數歌手，對了半個月，贏到高手。再打聽名字時，百姓眼裡就噴出火來，嚷：「你李二都認不得？」老幹部嘆說不知這李二如今可在。這時有一個街上陪著的幹部遲疑起來，白著眼想想，說：「莫不是大爹吧？」

話一傳出去，果然得到證實：大爹就是姓李行二。年輕人都呆了，想不到樹椿竟如此風流過，悔自己平日不常與大爹招呼，這時就急急地幫著尋大爹。

大爹其實就在山上人裡，括住耳朵聽對歌，菸子一筒接一筒地吃，慢慢地笑。有那眼尖的，領了人擠上山去請大爹。遠遠只見數十人圍了一個老爹，周圍山上的人以為出了壞人，都可惜這賽會不容易，歌聲也就停下來。等到消息傳過來，說是找到一個當年的高手叫李二，萬人不由轟動起來。有那上了歲數的婆婆們，竟哀哀地哭著，擠下山去，說是要會當年的漢子，問問他可還認得自己某年某月某日與某女子對過歌？那說詞可又還認得？

年輕人說話無輕重，自然又笑話這些婆婆們老不要臉。不料大爹都認得，一個個敘話。原來婆婆們當年也都是有名有姓的歌手呢。幹部們忙把坐頭讓出來，請老人們坐了。一個人站出去向四面唱說了此事，上下遠近的鼓掌，將一群過路的鳥驚散開，卻又找不到落腳之地，慌慌地飛過山去。

四下裡自然要請大爹唱，大爹笑了，笑紋不再收回去，慢慢地說：「有對才好。」一回身請了一個婆婆。那婆婆竟面若桃花，輕輕盈盈地出來，擦一把淚，請大爹起。

大爹闔了眼，發一個長音，萬人立刻靜下來，天似乎也退遠了。大爹久不運嗓，粗粗嘎嘎，情韻風趣卻在：

你是山上的枇杷樹
我去坡首挖了來
將你做成個土琵琶
一天到晚抱在懷

四面山上早轟出一片采來。看那婆婆，女子到底不一樣，也是一個長音，尚存清亮，四面先就喝采，婆婆早有了對：

我是山上的枇杷樹
根根鬚鬚石首埋
莫說做哪樣琵琶夢
挖個石卵懷中抬

四面山上又轟出一個好來。年輕人都呆了，想不到老人們當年這樣風流，人老了，調情依舊，更顯老歌一股風韻，醇厚幽默，當下就有人記住會了。

大爹不在意輸贏，又與其他幾個人對了幾首。婆婆們臉上泛光，萬人面前，榮耀至極。隨婆婆們來的兒孫們，也被人圍著，像是什麼都知道，指手劃腳，得意非凡。

有街中人拿來酒，敬了老人們。大爹吃了幾口。綳出筋來，卻待要再唱，忽然口不能張，涎水流下來，往後便倒。大家慌了去扶，才知道大爹失了風，急忙往街裡抬，還未到家，就死在半路。

自此，這街子，這山裡，又唱起了自己的歌子。李二的名字，被年輕人記在心裡，見了外地來人，便說李二。人人都覺得，大爹替這街子、這山裡立了一個碑。

周轉

餘陰市，人口百萬餘，數箭方圓，算得西南省份中準重鎮。日夜吃喝，便有不可入口的東西棄之如山；又興各式生產，便有不能成材的角料聚之如山；另，海內外新式消費，多多少少滲入進來，人們驚喜之餘，又添斑駁垃圾。如此，餘陰市日積垃圾多達百噸。

餘陰多山，山皆為石。石難生樹，草亦稀少。餘陰便如處裸體窮漢之中，尷尬日久。所幸餘陰於萬端紛緒中，獨清除垃圾最力，務使窮而不髒。

更所幸，距餘陰三十里處，有一奇異景觀：萬山之中，數山圍出一個石桶所在，深達百丈，闊有十里。窮山無水，更兼喀斯特地質，蓄不成水庫，卻如海濱深港，可泊萬噸垃圾。

於是這裡便日日有垃圾運來。

天還未亮，餘陰市街上便發一陣巨響，幾十輛翻斗卡車順序出發，浩浩蕩蕩。自從市裡運垃圾的車換成這種進口的礦山型翻斗車，許多市民便不用再撥自家的鬧鐘定點起床。車隊撼天動地地駛過，輪底帶起雜物，市民們也起身了。有刷牙洗臉的，有抖擻精神去練拳的，有提籃置辦飲食的，餘陰市如人初醒時的揉臉搔癢，慢慢活動起來。兒童們不願起，被大人們呵斥為懶蟲，終於爬起，便有三五小兒咿咿呀呀唱到：

大卡車，真漂亮
震得我家屋樑響
跑到城外倒垃圾
換回錢買新衣裳

卡車門逢彎拐彎，遇坡爬坡，高低左右，檔換了無數，油門鬆了又緊，方向盤作風車使，沿途雞飛狗跳。山民們在車燈影裡閃到路旁，被塵土裹了十數分鐘，咳嗽幾下，又上路去趕早集。

車近山口，天已大亮。霧氣浮動，正是要升不升的時候，卡車們慢慢轟著油門，終於沿山邊排成一行，將屁股朝了大坑。天地間忽然靜了下來。

一道金光，拽起一輪太陽。那太陽恰在一個山口之間，於是霎時又有無數金光，穿透晨霧，紛紛射到卡車門這一邊來。卡車上的橘黃漆如點燃一般，耀得人眼花。卡車們通體一熱，又發一聲巨響，幾十個翻斗緩緩翹起，終於到了四十五度，山中的鳥兒有預感，呀的一聲，飛起數百隻，煙一般升到半空。

似隱隱悶雷，百噸垃圾緩緩移動了，越來越快，一出車斗，便瀑布般直瀉下去。沿途有山石阻擋，垃圾也如水花一樣濺開，將餘陰市的部分祕密分解。陽光挑動著垃圾，沿山竟是黃金鋪就，閃閃爍爍，萬般色彩。更有煙塵翻騰回轉，紫紅青粉，成山中霞氣。

翻斗們行過注目禮，緩緩復原。卡車們移動了。

翻斗們復原時，又出一片響聲。這響聲才是這萬山中的信號，一剎那間，又一層瀑布流下去，隨之，吶喊聲起。

原來沿山有千多人早候在一起，單等垃圾傾完，於是背了背簍，手執二爪耙，擁著歡樂，俯衝下山。鳥兒們卻遲了一步，待也俯衝下去，早被人們轟起，又煙一樣升高，再俯衝下去，又被轟起，終於散亂。

司機們聽見下邊語聲喧嘩，便都笑著，罵著，又是逢彎轉彎，遇坡爬坡，方向盤風車一樣使，浩浩蕩蕩，一路會餘陰市去了。

坑底的人們，細細將垃圾分類，又快快將所需垃圾丟入背簍。日上一竿，山坡又露出土質，只餘斑斑駁駁的汗水殘渣，由鳥兒們收拾。人們早已上到坡頂公路，小作休息。

太陽暖洋洋地照在人們身上，背簍中的垃圾也輕輕舒展，作出響音與人語混成一片。人們中有人拿出新奇垃圾向其他人介紹著，推測著那本來的用途，想像著原是何種享受，織成見識，眾人也都點頭肯定下來。偶有爭吵，往往是年輕人仲裁，因為老人們不懂的新事物太多。又偶有人撿得撕碎的情書，拼起來讀，常常沒有結尾，大約是有情人的不成功之作，那成功之作，大約是在遙遠的餘陰市中某個角落裡小心收著。休息之地，又成市場，人們互相推薦或換下不許或所需的垃圾，於是分類更加清楚。但是最值錢的金屬殘件是每人保留所得，並不交換的。

山中終於躁熱起來，山石也開始晃眼，於是人們紛紛揹起背簍，開始沿卡車們來的路走去。萬山之中，蜿蜒著人流。餘陰市的廢品收購站現在並不忙，知道這是垃圾尚在路上，要到下午垃圾才會進城，那時倒要費些精力。

垃圾們是最有福的，來去都不必自己趕路操心。尤其這回去，向老爺一樣坐著轎子，而且不寂寞，因為人們一路有歌。

萬山之中，都在聽那歌。此地山民，揹著垃圾，極其快樂，路畢竟長，於是用了各種嗓音，咿咿喂喂地唱起來：

太陽東邊升
太陽西邊落
好著哩
石頭熱我腳
爬過山窩窩
高著哩
柴火翻山找
水要回家喝
難著哩
挖個金蛋蛋
回家叫老婆
快著哩
啊嘿嘿

迷路

傻子小時候得過腦膜炎，平時有點兒呆。在學校的時候，常被老師叫起來坐下去。中學沒念完，我們就去雲南農場了。傻子不太能幹活兒，瘦筋乾巴的，就起了念：當衛生員。農場的衛生員，平時不用上山幹活兒。誰頭疼腦熱，給點兒小藥，誰磕巴了碰了，抹點兒紅藍藥水，要是碰上大事故，就往分場送，再不行，往總場送，還不行，轉昆明。真是個操不了大心的差事。我笑話傻子，說他想跟女的搶事兒。傻子說：「衛生員也不全是女的。二隊的衛生員不就是男的嗎？」傻子真就買了本兒《赤腳醫生手冊》，從頭一頁語錄念起。我有個拐八道彎兒的親戚，在醫大念了八年，才當上醫生。我媽那回在他那個醫院住院，有點兒什麼事兒，這位親戚還得請老大夫。我把這話跟傻子說了，傻子不洩氣，可麻煩也來了。我累狠了，請個病假在床上躺著。他像回事兒似地走到我面前，說：

「把舌頭伸出來。」我把舌頭伸出來。他一下就把手指頭按在我舌頭上，鼓著眼睛往嘴裡看。我氣得罵起來。舌頭怎麼能讓人亂摸？噁心得我沒吃中午飯。

傻子讀了《赤腳醫生手冊》，神神道道，真煩人。什麼你有鉤蟲啦，什麼你大概是胃癌早期啦，什麼你這腰疼是椎間盤脫出啦。我整個兒成了殘廢，只配喘氣兒等死。可山上他實在幹不了的活兒，都是我幫他幹完的。幹完了，坐下來冒口菸兒，他就打開地上的幹活衣服，拿出《赤腳醫生手冊》嘟嘟囔囔地看。

我七三年得了一場大病，發高燒，糊里糊塗什麼也不知道。等知人事了，就看見傻子在身邊兒，問他：「我是什麼病？」傻子想了想，就去翻書，說了一堆關於病因的詞兒，可我到底沒聽出來我是什麼病。我在床上躺了半個月，都是傻子伺候的。拉、撒、吐，傻子一點兒不嫌乎。我對他說：「傻子，你當大夫行不行，我不敢說，你要當個護士，有富餘。」

連隊裡要蓋房。來了這麼多年，都是茅草棚子，現在大家覺著可能要在這兒一輩子了，也都擁護著蓋房。再說山外的老場，都是瓦房，乾淨、結實，瞧著是那麼回事兒。

蓋房要料。椽子、檁、樑，都要木頭。木頭這兒可不缺。可要一順兒的料，不易。要進山裡找，看哪兒成材的樹比較集中，開進一彪人馬，先修路，再伐樹，用肩扛出來，劈劈鋸開，得費不少勁，才能上房。

蓋第三棟房的時候，進山找樹的活兒派給我和傻子了。我們帶上一天的吃食，捏著砍刀，順山往北去了。為什麼往北？不知道。往北就是往北。這兒東南西北都是野林子，往哪兒走都是樹，往北有什麼不行呢？自打來了這兒，鬼使神差的，北京知青有事就往北，上海知青有事就往東，沒什麼道理。

我們往北走了半天，都是些曲裡拐彎的樹，按書上說，就是「婀娜多姿」，重看不中用，誰家的屋脊，也不願意蓋成蛇式的。於是又往前走，可就沒路了。我那時候年輕氣盛，加上在這兒不少年了，還怕這個？砍！砍出道兒來往裡走。隊上給這麼個活兒，這是臉，不能丟。這原始森林，整個兒一個叫嚴實。樹是高高矮矮，枝搭枝，葉碰葉，藤纏著，樹樹相連。地上一人高的荒草，亂成一團。

想在林子裡走痛快？沒門兒！得用道，一刀一刀溂開，砍開個人能鑽的道兒，才能一點兒一點兒往前挪。難！

我在前，傻子在後，我們就往北砍去。這樣一直走到下午。我忽然覺得不對勁兒。換個樣兒說，就是我覺得不是往北了。北是哪兒呢？不明白了。其實說是下午，也是因為腕子上帶著錶。這時天陰上來了，從哪兒看出林子去，都是茵的。沒有太陽，怎麼看出西來？我沉了沉氣，沒回頭，說：「傻子，現在是往哪兒呢？」沒聽見音兒，回頭一看，傻子正抬著下巴轉來轉去地看，看了一會兒，說：「那邊吧？」我說：「『那邊吧？』哪邊呀？說準咯！」傻子說，「我反正跟著你，你不是往北嗎？」我說：「我找死，你也跟著我找死？我考考你，哪兒是北？不能白幹這麼多年！」傻子說：「你別考我這個。你考我醫藥知識吧。」我說：「呸，到這時候了，醫藥管個屁用！說吧，哪兒是北？」傻子笑了，說：「我看哪，是你找不著北了，藉著問我，轉轉向。接著走吧，我跟著你。」看著他那傻樣兒，我開始慌了。

人一迷路，就像做夢。夢急了，還有個大喊一聲醒過來的時候。可迷路，是真的，急也不行，越急越迷。這種時候，只有蹲下。我就蹲下了，先定定神兒。傻子以為歇了，也坐下了。他還帶著那本手冊呢！立刻就翻篇兒看起來。我一肚子火兒，就慢慢地說：「傻子，又學習哪？上頭講哪兒是北了嗎？」傻子笑嘻嘻地抬起頭來，正想說話，一看我的臉色兒，笑模樣兒就定在臉上了，趕緊把書收起來，湊過來，問：「你找不著路了？」我說：「廢話！等死吧！」傻子說：「那照原路退回去吧？」這傻子傻，可這句話真是管用的實話，我怎麼沒想到呢？心裡鬆了一口氣，就伸腰躺下去了，點上菸。說：「退回去？料還沒找著呢，有什麼臉回去？」傻子說：「那就往前找吧？」我噗嗤一下樂了。這傻子是真傻，他一輩子也不會懂別人說的是什麼。

我站起來，伸了脖子慢慢轉著看，瞧有沒有熟悉的山頭。若能看到熟悉的山頭，隊上的方向就可以算出來。沒有。我後來回城裡把迷路的事跟人說了，別人立刻一套一套的什麼樹的年輪的疏密呀，什麼枝葉的趨光生長方向呀，什麼樹皮色兒的深淺呀。我心裡想：嘿！敢情明白人全在城裡待著抽菸兒呢！那時候，怎麼不飛在半空朝我說這些明白話呢？

反正我們是：迷路了。

傻子也明白了，有點兒慌，催著往回走。我也有點兒慌。天一黑，什麼人也得慌。真是老天爺不待見我們，下起雨來了。先躲雨吧。我們倆站到一棵大樹下，又不敢靠近樹幹。在學校老師講的這點我還記得：一打閃，那電就會順著溼樹往地下走。這溼樹幹分明是個導體，碰不得。又抬頭看看樹高不高，高，就招電。樹都纏在一起，也分不出高不高。

雨是越下越大。我們一人砍了一張大芭蕉葉，背在身上。不太管事，雨太大了。傻子一把一把地從臉上往下抹水，說：「完蛋了，我的書完蛋了。」我也沒說什麼。

天完全黑了，我們開始哆嗦。林子裡一點兒熱乎氣兒也沒有，全叫雨水給帶到山下去了。我說：「傻子，吃口東西吧。」傻子的牙達達地響，說：「吃，吃，吃吧。」我一摸，書包裡的飯全泡大了。不管三七二十一，吃了再說。黑暗中，你抓一把，我抓一把，一會兒就全吃了。我說：「傻子，咱們可全吃完了。好歹到天亮，趕緊往回走，誰也別充大個兒了。」傻子說：「咱們上樹吧？」這野林子裡，什麼蟲鳥都有，地下淨是水，只有上樹，免得碰上野物，叫牠們會了我們的餐。

我們拉扯著，好歹上了樹，在一個大杈子上蹲坐下了，背靠著背，還暖和一點。這一夜，風沒停，雨沒住，也不敢睡死，一個栽楞掉下去，不死也傷，迷迷瞪瞪，哆哆嗦嗦，唉，我都不好意思說，還不如在樹杈上躲雨的家雀。

可天亮了，雨還沒住。趕緊下了樹，管他是泥是水，往地上一躺。腿蹲得直抽筋兒，可腰真舒服啊！

我是徹底絕望了，大雨一澆，砍倒的草又長好了，砍的痕跡極難找，慢慢兒找，恐怕也不是一時半會兒就能出去的。這之前，我們傻走了一天哪！傻子是真傻了。我們倆誰也不說話，呆著愣神兒，可誰也明白。傻子說：「你說吧，怎麼著？我聽你的！」態度很堅決。我要有依靠的，我得比你堅決。

我盤算了又盤算，跟傻子說：「這麼著：咱們在這兒不能動。咱們才出來一天，離隊裡不會遠到哪兒去。若是再走，誰知道是往近走還是往遠走呢？現在要保持熱量，不能拉屎，不能撒尿。咱們平常撒完尿，不都一激靈嗎？那就是尿把熱乎氣兒帶走了，身子骨兒哆嗦呢。這山上，常有老百姓打野物。咱們支著耳朵聽著，有個響動，就招呼。見了這種人，咱們就算有救了。怎麼樣？」傻子說：「對，就這麼著。可我這尿憋不住了。」傻子就憋著，不敢動彈。

雨慢慢停了，雲在山上跑，像野馬似的。一會兒，雲漸漸高了，山上亮起來。忽然一下，太陽出來了，照得到處鮮靈靈，亮晶晶的。唉，這日子，多好！可我們是在這兒半等死。我說：「別在這陰處等死，找個地方晒太陽去，還能補充點熱量。」我們站起身找了一個稍微開闊一點的地方，坐在一塊大樹根上。地氣蒸上來，各種小蟲兒都活泛了，飛來飛去。我和傻子把衣裳脫下來，光著身子擰，擰乾了，先把短褲套在手上揮，乾了穿上。又把長衣裳平鋪在草地上面，讓太陽晒。傻子暖和過來，說：「我可撒尿了？」我說：「這事兒少問我。」他一撒，引得我也撒了一泡，身上真痛快！

我被晒得暖洋洋的，就砍了張芭蕉葉墊在身後躺下了。傻子呢，在旁邊一頁一頁地剝那本手冊，極小心極小心的，像揭傷口的疤。我說：「算了吧，一本破書，等出去再買一本。」傻子搖搖頭，很傷心的樣子，說：「這本兒扔不得，上頭有我記的好些心得體會呢，還有偏方。唉，早知道，不用圓珠筆記，這一溼，都洇了。」傻子還是傻，什麼時候了，還磨煩這個？昏昏沉沉，我就睡過去了。

忽然我覺得有什麼往臉上打我。我一機靈，醒過來，太陽晃得什麼也看不清。就聽傻子說：「老沫兒！老沫兒！有響動！」我馬上躥起來，叉著腿聽。剛醒過來，什麼也反應不靈，聽不出什麼響動，倒是有鳥兒在叫。我正納悶兒，傻子一把揪住我，慌慌地說：「別是野獸！熊吧？」我也緊張了，難說！傻子說：「走，先上樹。」傻子是沒進化好，一有事兒就想上樹。可這種情況，還是上樹穩妥。我們抓了衣服，上了樹，光著身子，碰破了不少地方。

確實是有聲：刷拉——刷拉，挺重，挺急。我們縮著脖子，瞪著眼睛看。一會兒，遠遠的，大約有二十米吧，草動來動去。有個東西在走，不是往我們這兒走。正在這時候，那動著的草裡，忽然閃過一個頭！是人哪！媽，我的親娘！我不顧一切地大叫：「嘿——！嘿——！」生怕佛祖派來的菩薩聽不見凡人的聲兒，就這麼過去了。

草不動了。一個人頭轉到我們這個方向，遠遠的，眼睛裡一道光閃過來。我和傻子慌慌張張下了樹。可一下樹，草高了，那個人又看不見了。我和傻子拚命大叫：「嘿——！這兒哪！」傻子又叫：「救命啊！」我按住他，說：「死不了啦，別這麼慘。」我和傻子一邊兒拿刀涮草，一邊兒往有人的那個方向移動。

不一會兒，那個人也蹚過來了。這是個傻尼族，臉黑黑的，光著頭，一身黑衣，褲子腿又寬又短，上身敞著，結結實實一胸脯子肉，手裡捏一把細長刀，兩隻又黑又亮的眼睛看著我們，眉微微皺著。我們兩個漢人，只穿短褲，都比他高出一頭，手裡也捏著刀。大家一時竟誰也不說話。

我心裡鬆快極了，就笑著說：「我們是農場的。」那個傻尼族漢子上上下下看了我們，嘴裡嘰嘰咕咕地說了幾句。真要命！我們來這麼多年，傻尼族話不會說不會聽。

我們雙手雙手推出來，往四面八方做了一個尋找的姿勢，又搖搖頭，就看著傻尼族漢子。傻尼族漢子笑了，點了點頭兒。嘿，他懂！他知道我們迷路了。可是他又搖搖頭兒，說了很多話，臉上很是焦急。我以為他誤會我做的姿勢是想找個游水的地方，就又沉住氣做了一遍，之後搖搖頭，深深地嘆息了一下，把手拽在一起，儘量用最可憐的眼神望著他。他也跟我演開啞劇了，用手在肚子上做了一個凸出的姿勢，又搖搖頭，哇哇地叫了幾句，把刀甩起來，轉身就走。我和傻子慌了，提著衣裳和刀，在草裡跳著追過去。那傻尼族漢子站住了，回身憤恨地看著我們，傻子突然說話了，不是說話，是也舞動起來了。他用手在肚子上虛摸出一個凸形，又抬起一條腳，從屁股底下往外淘了幾下，又挺難看地皺起臉裝出哭的樣子，再尖著嗓子擠出「哇、哇」的聲兒，又把兩條胳膊圈在胸前，身子晃來晃去，嘴裡「嗯、嗯」地哼。不想那個優尼族漢子非常高興，哇哇叫著，連連點頭兒，傻子笑著對我說：「他的意思是說，有人生孩子！」我鬆了一口氣，急忙抓住傻子，指著傻子的手，又並起食指和中指，用大拇指慢慢地往一起靠，意思是這個人是個打針的，也就是醫生。

那個優尼族呆了呆，在想，又看看我們，突然走過來，一把抓住傻子，拉了就走。好，那就有門兒！趕緊跟著。我和傻子都還等於光著身，傻子一身的瘦筋在皮底下滾來滾去，踉踉蹌蹌地腳下絆著草。這原始森林裡，其實有好多道兒。可這道兒，打個比方，有點像外省人看北京的胡同，不知道哪條走得，哪條走不得。山上打獵的人，常常有些小路，外人根本看不出來，只有走慣了的人，才能從亂七八糟的樹棵子，草叢中走過去。我們就這麼緊跟著，翻了一架山，下到了谷地。忽然，那個優尼族漢子站住了，聽了聽，又快步往前走，只是不再抓著傻子。我們不敢怠慢，也跟了下去。

前面出現了一個窩棚。這種窩棚，是山上人打獵歇腳守獵物的棲處，極是簡陋，可是很實用。眼前這個窩棚，草已經枯了，大概日子久了。一人多長，歪歪的有半人多高。那個僾尼族漢子轉過身看著傻子，指了指裡面。我想，是不是讓先在這兒歇會兒，吃點東西？傻子探進去，一下就跳出來，兩眼呆呆地看著我，好像是叫蛇咬了。我也探進去，一看，呵！差點兒沒栽倒！

裡面暗悠悠的，一雙雪亮的眼睛瞧著我，一雙手護在肚子兩旁，那肚子凸起多高。是個女的！懷著孩子！

那個漢子笑著看我們，心裡放下一塊石頭的樣子。反正他也不懂漢語，我就說了：「傻子，這明擺著的事，你照量著辦吧，我是沒這個本事。你多少看過醫書，比我強。我沒說的，聽你的！」傻子慢慢把嘴張開，臉開始白上來，半天，吧唧一下嘴，眼淚就淌出來：「你可把我坑了！你跟他說，我不會接生孩子。這是人命關天的事。」我就轉臉對那個漢子，想了想該做什麼動作，忽然心裡咯噔一下，就對傻子說：「唉，我說，你不是帶著本兒書嗎？我翻過，那上面有生孩子的事，還有圖。也許她自個兒就生下來了，咱們在這兒照應著，生下來了，算咱們命大。這個傻尼族碰上這麼個事，你我即是路人，也要捨命相幫著，更可況現在這個情況。幹吧！咬牙！好歹有書，哥們兒在這給你幫著。是死是活，咱們拉出來看。」傻子呆呆地把書從衣裳裡摸出來。瞧著這本皺皺巴巴的書，我差點跪下去了，這時候誰拿什麼來換，我也不要！

傻子定定神兒，慢慢鑽進去，跪下來，用指頭捏著那個做媽的手腕子，號著脈。行，他開始像回事了。之後，傻子就把她的褲子往下慢慢移著，我們互相看了一眼，我說：「別胡思亂想了，沒什麼了不起。」肚子凸出來，黃黃的一大塊，傻子慢慢把耳朵貼上去，聽了一會兒，笑了。我突然想起來，就在窩棚裡用眼找著，只見一個長了苔的瓦罐，殘了多半個口，就把它提出來，示意那漢子燒水。那漢子馬上就懂，跑走了。一會兒，提來水用刀挖了一條小溝兒，把罐放在上面，下面擺了柴引著，煙就慢慢地升上去，我突然聽到樹上還有鳥兒叫呢。

傻子在窩棚裡叫：「老沫兒，你來！」我急忙過去，看見那女的衣服已被傻子脫下來，又放在肚子上蓋著。我低了眼，我還是個小夥子。傻子說：「老沫兒，這本兒書你拿著，翻到這一頁。你就不停地念，什麼時候我說念下一段，你就念下一段。這樣，我就不用看書了。好哥們，可別念錯了！」

我跪著，拿起書，捧在胸前，開始大聲地念起來，念完一段，就又重複再念。開頭幾頁，念得挺快，越到後來，重複的時間越長。不知念了多久，忽然，傻子啊了一聲兒，我慌忙抬起眼，只見傻子滿頭是汗，喘著氣說：「出來頭了！混蛋！快念！你個小兔羔子！」傻子頭一回這麼威風，敢罵我了！好，等回去再說。也說他叫那個血乎乎的小頭兒嚇著了呢！我急忙又埋下頭去，幾乎是喊著念有小孩出來頭的那幅圖的幾段文字。聲音在野林子裡盪來盪去，這時候誰要路過這兒遠遠聽見了，肯定以為不是個笨蛋準備考試就是一個瘋子在抽瘋。我抽空看了一眼那個漢子，那個漢子雙手扶膝跪在地上，看著我，臉上十二萬分地嚴肅，像個聽宣講的教徒。他大概以為我在念咒呢。

我都快念昏過去了，聲音開始發飄，舌頭和嘴都木了，配合不上，開始南腔北調起來。手也麻了，開始哆嗦。汗從臉上流下來，迷了雙眼。我就把書放在地下，擦了一下眼睛，一手扶地，一手按書，接著喊。猛聽見傻子在叫：「早叫你別念了，你就聽不見，快過來幫我一把。」我渾身痠疼，眼也花了，爬過去，只見傻子手裡托著一個粉紅肉團兒，說：「你先拿著，小心！」

這就是孩子！誰剛生出來也是這樣，瞧瞧你自己小時候吧。一張小臉兒皺得像核桃，眼睛擠著，嘴像沒牙老太太，一撇一撇的，身上到處是褶子，小手兒小腳抽筋似地一動一動。頭髮真黑，一個小捲一個小捲的像非洲人。身上黏糊糊的，我也不嫌髒，這是個生命呀！我像捧著個小太陽，這小子會發光，會燙人呢！千萬不能動，這肉多軟呀，一動可能就會破。

那個漢子也爬過來，嘴一抽一抽的，只有眼睛笑著。我小心地扭過脖子，對他說：「是個兒子呢！」那個漢子把手擦了擦，伸過手來以為我是讓他抱著呢。我急忙大喊一聲：「別動！」嚇得他一激靈，兩隻眼淒淒地望著我。我衝他笑笑。

傻子說：「這臍帶怎麼辦啊？」咱們沒有手術剪。我想起一個故事，就說：

「拿牙咬，吐沫是消毒的。」傻子說：「誰下得去嘴？」我說：「那也不能叫我老這麼托著啊！」傻子忽然看見煙了，就說：「對，把刀燒紅了，那也是消毒。」我說：「你要給人上刑呀？」傻子一搖頭，就站起來，拿過那漢子的刀，走到火溝那兒，把刀伸進去，用嘴吹炭火。一會兒，把刀抽出來，刀中間燒得青白青白的，微微帶著煙。傻子把刀遞給那漢子，向他示範，在臍帶當中來上一刀。那漢子一直愣著，接過刀，看看傻子，又看看我。我大喝一聲：「快！」那漢子又看看刀，又伸頭看看黑暗的母親，再看看我，又看看跪著的傻子，臉忽然繃緊了，呻吟了一下，把刀按下去。

一陣青煙兒。一股煳味兒。

孩子在我手上，還是那樣，但他終於離開母親了。人哪！真他媽不易。大了，什麼都會幹，可這時候兒，得有人幫他活下來。

傻子跪著把兩頭兒的臍帶挽了。長長地舒了一口氣，用手抹了一把臉上的汗，立刻一臉血印子。他的肩塌下來，彎下腰，瘦瘦的胳膊支在地上，頭向下垂著，背上的汗慢慢往下淌，一滴連一滴，慢慢結成了大汗珠，吧嗒吧嗒往地上掉。

我和那漢子都瞧著他，他一動不動，慢慢地說：「我可活過來了，洗洗吧。」我把孩子遞給那個漢子，走過去，瓦罐兒裡的水滾開著，已經蒸走一半了。我砍了一個芭蕉葉，正要去找水，猛聽得大山溝裡一個尖細的、亮亮的、從來沒有聽過的聲音響起來，震得山谷嗡嗡的。我回過身，看見傻子只穿著一條短褲，叉著細細的兩條白腿，把嬰兒倒提著，用手在拍嬰兒的背。那嬰兒哭起來，傻子把嬰兒抱在手上，哈哈大笑：「傻小子，看把你都憋紫了，我怎麼就忘了你還沒哭呢？別哭，別哭，是我的不是。別怨我，我和你一樣，都是頭一回呀！哈哈哈……」

我腿一軟，坐在地上。

水找來了，倒進瓦罐，溫溫地給嬰兒洗，又用衣裳包起來。這個小不點兒又哭了，那漢子抱著，跪進去，放在母親身邊。母親慢慢地半撐起身子，看了一眼，又軟下去，漢子就把嬰兒和母親並排放著。母親慢慢把眼睛閉上。

傻子說：「這兒不是久留之地，快叫這個傻尼族去叫人。」我示意了，那漢子就急急忙忙揑著刀走了。

我和傻子都躺下來，身上軟得一點勁也沒有，誰也不說話。呆了一會兒，傻子忽然「噗嗤」一樂，說：「老沫兒，真屈了你了。你應該去跳舞去。嘿，你學那個找不著路的樣子真像洪常青帶著小龐一出場，小龐到處探路，絕了！」我也樂了，說：「別小龐呀，我這塊兒，可以跳常青指路。吳清華就是三百斤重，我也一手托她起來，投奔蘇區！向前進，向前進，戰士的責任重，婦女們冤仇深。古有……」我轉過頭一看傻子，他已經昏睡過去了。

茂林

口渴死，恨不能咬近旁的樹皮吮。好林子，一架山森森的引眼。不想再走，情願將自己栽在這裡，也綠綠的活個痛快。

林子不是野生，齊齊的極有章法。山也只是普通的山，卻因為樹而雍容非常。

正想躺下去，忽然就有咳嗽聲，如折乾枝而又有韌皮，響響的不斷。回身望去，林深處閃出一個老者，眼睛卻亮，遠遠的就有光過來。

老者走進了，如空樹般笑，嘴裡只有一顆牙裝飾著，問：「後生子，趕腳麼？」我點一點頭，忽然問：「有水麼？」老者定定地看著，似在打消他自己提出的疑問，說：「山有好樹，就有好水。」站起來，隨他沿齊齊的樹走。

並不上坡，走不久，有泥屋一幢，自然有雞的咕咕聲。早就防著有狗，走近了，果然有。半人高的畜牧，黃黃的竄出來，狺狺地屁股調來調去，眼睛卻緊盯著。老者不知從什麼部位發一聲響沒，那狗就蹲伏下來，尾巴不停地搖，肚皮一縮一縮地喘。

泥屋像是剛打下的糧食，黃鮮鮮的耀眼。橫豎小格的一扇窗，正中一小塊玻璃。窗紙還沒有酥，這高原上暴雨時節未到，窗紙自然緊緊的像鼓面。

老者推開門，啞啞地朝裡說：「有客喝水哩！」一面就跨進去。

灶間極乾淨，不多的罐罐在暗處都映出方形的門亮。灶台沒有一點污水的痕跡，鍋蓋洗得發白，略略高出灶台一點。一隻炊帚如新的一般吊在灶邊的牆上。

裡屋有輕輕的響動，簾搶在老者前掀開，現出一位婆婆。

這婆婆老而不暗，極是清爽，那眼如一碗溫水，消一身乏渴。極恭敬地問了好，被讓到炕上坐。

婆婆也不多說，轉身去沿牆一條小櫃上提過一吊黑釉陶壺，又在炕桌上擺一個小陶碗，斜斜地斟滿了，偏著身子坐在炕沿上催著喝。

心下暗暗讚嘆，不覺問他們是不是守山林的。

老者蹲在地下，嗬嗬笑著，舉手比了一個八字。不覺問：「八年就長成這樣好林子？」婆婆寬寬一笑，說：「他有八十了。」老者臉上閃出些光，說：「這一輩子，就是給人守林呢。」

於是透窗望去，再想看那些樹。不料目光再也不能遠，只定在窗上。好剪刀。

原來窗紙上，反面貼了許多剪紙窗花：公雞、母雞、小兔、大狗、偷油的鼠、騎驢的媳婦子，又有一個吃菸的老漢，還有一個織布的女子。都剪得大氣，粗如屋檁，細若游絲。那雞那狗那兔那鼠，若憨若巧若痴若刁，鬧鬧嚷嚷，上上下下，一時竟看呆了。

婆婆見不喝水，就說：「有甚好看？這東西家家都有的呢。」我點點頭說：「有是都有，可這些鉸得好，鉸得奇，不一樣哩！」老者站起來，走出去，磕一磕煙鍋，又進來，說：「好的都在櫃裡頭哩。」當然執意要看。

婆婆竟有些靦腆，笑著從櫃裡取出一個紙包，打開，各色的紙都有。看那包的紙，是一張極早的《陝西日報》，黃了，只是不壞。婆婆將各色紙鋪開，一時我竟喜得啞住。

只見各種人物極古極拙，怕是只有秦腔才吼得動，又有房屋竹樹，都奇詭異常，滿紙塞而不滯，通而不泄。

婆婆說：「這是四舊哩！你是客，喜歡這些，又看了走路，不怕的。」

忽然看到一張，再明白不過，卻被婆婆拿過去，放回櫃裡。老者嗬嗬笑了，說：「你是討了媳婦的了？這一張，是老輩子結婚時，剪給新人的。莊稼人話粗，可後生子不一定會幹那事哩。哪個耐煩去說？自己看看就明白，養出兒女，不怕絕後哩！」婆婆也笑，我也笑，又去看別的。

忍不住，問：「婆婆可能為我鉸一個？」婆婆說：「呀！老了呢！」急忙說：「不怕的。會的不難，難的不會。」老者說：「這個同志喜歡，你就鉸，怕甚？」婆婆就在炕裡摸出一柄剪刀，奇大無比，心下疑惑，只不言語，看她鉸。

婆婆一臉欣喜，忽然消失掉，皺紋拙起來沒。並不馬上鉸，對著紙沉思半晌，才將剪上紙邊。之後竟再也看不出婆婆如何鉸，只覺得游剪如龍，落紙紛披。看看老者，眼溫溫地虛著，忽然睜開，盯著一塊落在地上的紙，探身舒手，枯指聚起來，紙便被捏到炕上，仍眼虛著蹲回去。

再看婆婆時，正將大剪放在盤著的腿上，扭身向亮處舉手照一照，動一動嘴，並不說什麼。我待要看，婆婆已經遞過來。

這是一隻牛，肚上一朵大梅，如風火般轉。牛額上也散星月般空白。眼睛一隻巨睜著，令支開的四蹄如怒如奮，另一隻則似偷窺，支開的四蹄反而是閃避不及的慌張。正仔細沉吟著，就聽見老者說：「牝牛哩。」婆婆說：「就是這個牛哩。」我說：「鉸得實在好。」老者說：「喝水，喝水。」婆婆說：「鉸了是為自家欣喜。」

喝一口水，仔細將紙牛夾好，放進袋裡，說：「不敢多要，這張是一定自己收好。」

老者和婆婆一起看我，說：「也值得收藏？」卻是笑笑的。我說：「若婆婆有空閒，我倒還想要個人物的。」便用眼睛詢問著。

口不再乾，只懶懶的乏，便只靠了牆斜倚著。看婆婆鉸，聽老者蹲著咳，還聽狗狺狺的。雞大約是養出了蛋，緊著叫，便斜過眼，將感激寄託出去，在那林上。

你這個名字怎麼念

堪薩斯州多好農地，廣大，略有起伏，種著包穀。包穀快收了，一般高矮，一片灰黃。不過從車裡望出去，灰黃得實在單調，車開得愈久，愈單調。

偶有棉田。兩個人坐在路邊白房子前，有車開過去，瞥也不瞥，呆看著棉花地。

從後視鏡裡望他們，越來越小了。發什麼呆呢？棉花出了問題？第一次種棉花，新鮮？棉花向來是南方種，收穫時，黑人一邊摘棉花，一邊唱歌。這種工我打不得，做起來像個啞巴，總不能唱「喜摘公社豐收棉」吧？

車開久了必須胡思亂想，否則沒意思。兩眼呆滯，將愛情發展到床上；殺人無聲；長壽五百。結果世間沒有新鮮事，都幹過都見過都明白，於是怨恨科學為什麼延長生命法律又不許安樂死，三十歲正好嘛。

所以那兩個人在胡思亂想，我胡思亂想那兩個人。

堪薩斯從來就種棉花，白人收，不唱歌，喝啤酒，酒後開車，忽然車停了，遍地白光，不是棉花，好傢伙外星人，擄到飛碟上，綁在檯子上研究研究，一刀劃開，噴綠血，濺到臉上，舔舔，嘿，挺甜的。

奇怪的是，這美國的地怎麼變藍了？

一個人倒立著靠近，問：「還好吧？」

這是翻車了，什麼時候睡著的都不知道。

地應該這樣種，一英里棉花，一英里包穀，一英里小麥，一英里隨便什麼，之後再一英里包穀，一英里小麥，一英里隨便什麼，一英里棉花。

一百英里都是包穀，肯定翻車。

不過靠近的人還是問：「還好吧？」

輪到我倒立著說：「目前還好。」

從車窗裡爬出來。車滾了一周半，罐頭榨菜，四川郫縣豆瓣醬，商務印書館香港版《英漢小辭典》，鎮江香醋，三三書坊吳念真朱天文《戀戀風塵》，小磨香油，花椒粉，中華書局錢鍾書《管錐篇》第三冊，筷子，民國三十二年初版上海開明書店李述禮譯斯文．赫定《亞洲腹地旅行記》，牙籤，康泰時照相機，牙刷，內褲，八八年版全美公路圖，辣椒油，毫不相干散落堪薩斯州。

警車閃著燈過來了。早就立在遠處的幾個農人已經在管理臨時交通，路過的車慢下來，開車的人看不到躺在地上的人，疑惑著過去了。

一個警察過來，兩隻眼睛藍得像穿過腦袋看得見天的兩個洞。

「還好吧？」

「還行。」

「搖搖脖子試試？」

搖搖脖子。

警察於是去看車，點一點頭，要了我的駕駛執照，支高了一條眉毛開始記錄，右手食指少著兩個關節。

「洛杉磯來。嗯，到哪兒去呀？」

「芝加哥。」

「去芝加哥幹什麼呀。」

「芝加哥……是個有名的城市呀。」

「也是麥當勞，也是加油站，有什麼意思。坐『灰狗』走吧，車報銷啦。你這個名字怎麼念呢？」

「阿——城。」（Achehg）

「阿——欠？」

相當接近。不能為難一輩子第一次說漢語的人，這個名字已經為難過許多州的許多人了。因為沒信教，改叫「麥寇」、「彼得」都不合適，改個「拱門」（Arch）或「小圓門兒」什麼的就方便了。

已經有個牽引車將我的車翻過來，於是收拾散落的東西到車裡去。鑰匙還在位置上，碰碰運氣，一扭，引擎發動了，非常平穩。

「警官，我可以接著開這輛車走了。」

「你就抽瘋吧，車頂都癟成什麼樣兒了。」

「把頂鋸掉，弄成了敞篷挺好的，這一路上天兒不錯。」

「法律禁止這麼做。不過鎮上有輛二手車，價錢還可以，願意成交，買了就能上路。你來找我吧，報告單上有我的名字。」

坐上牽引車到小鎮，一個麥當勞，一個加油站，一個小教堂，一個十字路口，一扇窗戶的簾子掀開條縫，一張臉湊近玻璃。

牽引車司機就是廢車店的掌櫃。老婆年輕時一定漂亮過，手上有模有樣地挾著支菸，吐出一口，將臉退後，煙於是自原地浮高。

「五十塊錢怎麼樣？」

「六十吧。」

「啊哈，你想賣出房子的預付款？五十五好了。」

「行啊，那就別收拖車費了。」

「嗯——你這個名字怎麼念？」

「阿——城。」

「阿——欠？」

「不必麻煩，打個噴嚏試試。」

「嗨，甜心，來打個噴嚏看看。」

「甜心」掌櫃一臉皺紋正進來，仰起脖子看好屋頂，眨著眼真打出個噴嚏：

「阿——欠！」

裡屋有個女孩子大笑起來。老婆說這是我們丫頭，上高中了。「甜心」馬上遞過來一張照片：「這是我們小子麥寇，大學足球隊的。」

照片上的麥寇脖子比頭粗，我說麥寇像母親，「甜心」聳聳肩，「也許吧。」

拿了五十五塊錢，出門，院子裡已經擺好第二十七輛廢車，看了一會兒，真是對不起它，已經跑了二十幾萬了，上路前還給它換了四隻新鞋呢。

雜物裝在提箱裡，找警官去看看那輛二手車吧。

鎮上杳無人跡，熱，無風，包圍小鎮的包穀當然也就沒有聲音。忽然背後遠處一聲嘹亮：「阿——城！」音正腔圓，好個不露面的大丫頭。

阿城作品集 YY0503

遍地風流

作者
阿城
一九四九年生於北京。雜家，文字手藝人。

封面設計　一千遍工作室
編輯協力　王琦柔
行銷企劃　李倉緯、詹修蘋
版權負責　陳柏昌
副總編輯　梁心愉
初版一刷　二〇一九年八月十九日
初版二刷　二〇二四年一月四日
定價　新臺幣三八〇元

ThinKingDom 新經典文化
發行人　葉美瑤
出版　新經典圖文傳播有限公司
地址　10045臺北市中正區重慶南路一段五七號十一樓之四
電話　886-2-2331-1830　傳真　886-2-2331-1831
讀者服務信箱　thinkingdomtw@gmail.com

總經銷　高寶書版集團
地址　11493臺北市內湖區洲子街八八號三樓
電話　886-2-2799-2788　傳真　886-2-2799-0909
海外總經銷　時報文化出版企業股份有限公司
地址　桃園市龜山區萬壽路二段三五一號
電話　886-2-2306-6842　傳真　886-2-2304-9301

遍地風流 / 阿城著. -- 初版. -- 臺北市：新經典圖文傳播, 2019.08
350面；14.8×21公分. --（阿城作品集；YY0503）
ISBN 978-986-97495-0-3（平裝）

857.63　108001710